DAU BEN Y DAITH

T. Gwynfor Griffith

Argraffiad cyntaf—Gorffennaf 1995

ISBN 1 85902 282 0

ⓗ T. Gwynfor Griffith

Dymuna'r cyhoeddwyr gydnabod cymorth
Adrannau'r Cyngor Llyfrau Cymraeg

NODYN

Dychmygol yw cymeriadau a sefyllfaoedd y stori hon.
Nid yw'r awdur o angenrheidrwydd yn cytuno â barn neu ragfarn y cymeriadau.

Argraffwyd gan
J. D. Lewis a'i Feibion Cyf., Gwasg Gomer, Llandysul, Dyfed

I

Pe bawn yn gymeriad mewn nofel, fe demtid yr awdur efallai i'm creu yn gymhleth ac i briodoli imi orffennol a fuasai yn llawn digwyddiadau anarferol na ellid mesur eu heffaith. Byddai yn haws iddo wedyn gyfleu, mewn ffordd gredadwy, rai teimladau annisgwyl a ddaeth i'm rhan eleni ac a barodd imi adweithio fel y gwneuthum yn argyfwng mis Mawrth diwethaf (a bwrw am y tro taw argyfwng yw'r gair priodol). Ond y gwir yw mai person eithaf syml wyf fi ac mai digon cyffredin fu fy mhrofiadau bore oes, digon cyffredin imi deimlo nad yw Bywyd efallai ddim wedi darllen yr holl sylwadau defnyddiol y mae beirniaid llenyddol gwasanaethgar wedi eu gwneud ynghylch pwysigrwydd tebygolrwydd. Yn sicr, mi brofais dristwch yn ogystal â hapusrwydd yn ystod fy mhlentyndod, ond yr oedd yr hyn a oedd wrth wraidd y tristwch hwnnw yn rhan, ysywaeth, o brofiad cannoedd o filoedd o bobl a oedd yn blant yn yr Ail Ryfel Byd neu yn ystod y blynyddoedd blin a'i dilynodd.

Ni ellir dweud ychwaith fod rhyw duedd gynhenid wedi bod ynof erioed i boeni ynghylch fy nhynged, neu ryw barodrwydd eithriadol i ddadansoddi fy nheimladau, a bod hynny wedi cyfrannu at yr hyn a ddigwyddodd. Er mai gwyddoniaeth fu fy maes llafur am flynyddoedd a'm bod yn medru rhesymu yn iawn pan fo galw am hynny, nid wyf fel rheol mor rhesymegol-ddadansoddol ag yw Rhys fy ngŵr, sy'n hanesydd. Yn wir, mae rhyw argyhoeddiad dwfn ynof mai peth annoeth yw gorseddu rheswm mewn mannau sanctaidd yn eich bywyd lle y byddai teimladrwydd neu obaith neu ffydd yn amgenach cymorth; ond anodd yw penderfynu, wrth gwrs, ai rhyw reddf fenywaidd sy'n sail i'r argyhoeddiad hwnnw, neu un o gasgliadau rheswm ei hun, neu un o ganlyniadau fy nghyflyru yn ystod fy mhlentyndod yn yr Eidal.

Fel fy nhad o'm blaen, bûm mewn *liceo classico* cyn arbenigo mewn Ffiseg a Mathemateg yn y Brifysgol, peth digon normal eto yn yr Eidal, gan fod rhieni dosbarth canol yn fy amser i yn sicr taw yn y *liceo classico* y ceid yr addysg orau, ac o'm dyddiau ysgol bu gennyf ryw ychydig o ddiddordeb mewn athroniaeth. Ond ni fu hynny ychwaith y math o ddiddordeb a ganolbwyntiai ar fy mhersonoliaeth fy hun a'm tynged unigol. Ar y cyfan, yr wyf yn tueddu i gredu taw anianawd dyn, yn hytrach na diddordebau meddyliol, sy'n fwyaf tebygol o arwain at aflonyddwch annormal ynglŷn â phethau cyffelyb, a dichon taw ei gyfansodd-iad genetig sy'n gyfrifol am hynny.

Sut bynnag, a dyma'r pwynt yr wyf am ei bwys-leisio, ni fu myfyrio ynghylch fy nhynged yn rhan bwysig o'm bywyd meddyliol tan yn ddiweddar iawn. Yn wir, ymddengys i mi taw ym mynwent Rhoseithin ryw bum mlynedd yn ôl, wrth ystyried y cysylltiad rhwng fy ngyrfa i a gyrfa Rhys, y dechreuais feddwl am y peth o gwbl, a digon ysbeidiol fu'r myfyrio wedi hynny. Felly, y nodiadau hyn, yr atodiad hwn i'm dyddiadur, os oes angen diffiniad, yw'r ymgais gyntaf i restru'r elfennau tyngedfennol yn fy hanes, ymgais a wnaf yn awr er mwyn eu hystyried mewn perthynas â digwyddiadau 1993 ac er mwyn ceisio gweld *a oes rhyw batrwm anochel i'm bywyd na fûm hyd yn hyn yn ymwybodol ohono.* Gan mai math o ymchwiliad hanesyddol yw hwn, byddaf yn naturiol yn gwneud fy ngorau i drin y defnydd mewn dull gwrthrychol a digyffro.

Fe fydd Rhys yn hoffi mynd i Gymru am ddiwrnod neu ddau cyn Sul y Blodau bob blwyddyn. Yno fe fydd yn cymhennu a glanhau bedd y teulu yn Rhoseithin— a'i chwaer wedyn yn rhoi blodau arno. Mae hyn yn swnio'n waith trist, ond nid ydyw. Ni fu unrhyw drasiedi yn nheulu Rhys fel trasiedi marwolaeth fy mrawd Roberto yn fy nheulu i. Un bedd sy gan y teulu yn Rhoseithin, sef bedd ei rieni, a bu'r ddau farw mewn gwth o oedran. Gŵr o Sir Gaerfyrddin a aethai i Sir Forgannwg i chwilio am waith oedd tad Rhys, ac er mai merch o Sir Forgannwg oedd ei fam, mewn pentrefi eraill yn y sir y mae ei pherthnasau hi yn gorwedd, a'u plant nhw, nid ni, sy'n gofalu am eu beddau.

Mae'n rhaid dweud hefyd fod y fynwent yn Rhoseithin yn llecyn hyfryd iawn. Mae dros filltir a hanner rhyngddi a'r pentre presennol, a bu'r capel bach sy yn ei chanol yn gwasanaethu teuluoedd a oedd yn trigo mewn hanner dwsin o ffermydd, tŷ tafarn, a dau dŷ arall cyn agor y pwll glo y codwyd y pentre newydd o'i amgylch. I flynyddoedd cynnar yr ugeinfed ganrif y perthyn y pentre hwnnw; i ganol y bedwaredd ganrif ar bymtheg y perthyn y capel. Os sefwch yn y fynwent ac edrych i'r gogledd, fe welwch ddefaid yn pori ar Fynydd y Diafol. Os edrychwch tua'r gorllewin, fe welwch fferm lewyrchus Jones Godre'r

Eithin. Ar y ddwy ochr arall i'r fynwent mae coedwig, ac fe guddir y pentre presennol a'r pwll gan y coed. Mae'r pwll wedi cau erbyn hyn, ac nid oes cymaint â hynny o gyffro yn y pentre; eto, mae'r llecyn hwn yn dawelach o lawer. Hedd, perffaith hedd!

Ond nid am y diwrnod arbennig yr wyf i am sôn amdano. Yr oeddem yn y fynwent ar brynhawn braf iawn ar ôl cyfnod o law, ac yr oedd cryn ugain o drigolion Rhoseithin wedi penderfynu achub y cyfle i wneud yr un gwaith â Rhys. Fe ddaeth tua dwsin o'r rheini draw at ein bedd ni rywbryd yn ystod y prynhawn i'w gyfarch ac i holi ei hynt. Ac yr oedd ef yn ymddwyn fel bachgen bach wedi cael mynd i lan y môr: y fath hwyl a sbri! Holai hanes pawb, ac yr oedd yn amlwg ei fod yn cofio pob dim amdanynt. Hefyd fe dynnai goes dau neu dri ohonynt yn ddidrugaredd a chael yr un driniaeth ei hun; clywais fwy o chwerthin iachus y diwrnod hwnnw nag yr oeddwn wedi ei glywed yn ystod y bythefnos flaenorol. Y noson honno, fy nhro i ydoedd i dynnu coes. Ai ef a'i ffrindiau yn unig a fyddai'n ymddwyn fel pe baent mewn ffair wrth 'weithio' yn y fynwent? Ynteu hen arfer Cymreig oedd hwn? Mi soniais am ei ymddygiad yn Lloegr, fel y gwelaf fi ef. Yno, y tu allan i'r teulu a'i adran yn y Brifysgol a chylch bach iawn o gyfeillion, mae'n fwy Seisnig na'r Saeson. Bydd yn cyfnewid brawddeg neu ddwy gyda'n cymdogion agosaf pan fydd yn eu gweld, ond prin aethus yw ei wybodaeth am y bobl eraill sy'n byw yn yr un heol a phrinnach fyth ei chwilfrydedd.

Yr oeddwn eisoes wedi sylwi (yn gynnar iawn yn ein

perthynas â'n gilydd, fel y caf ddangos maes o law) fod Rhys fel petai'n ymlacio pan fyddai yn siarad Cymraeg a'i fod fel petai'n fwy swyddogol a phroffesiynol pan siaradai Saesneg. Mae'n dda gennyf ddweud ei fod hefyd yn berson digon chwareus pan fydd yn siarad Eidaleg. Ar hyd y blynyddoedd yr wyf wedi ceisio ei gael i fod yn berson llai difrifol, hyd yn oed yn Saesneg, ac wedi cael ychydig bach, bach o lwyddiant yn hyn o beth efallai, ond ni lwyddais erioed i sicrhau ei fod yr un person yn Saesneg ag yw yn Gymraeg!

Y noson honno yn Rhoseithin buom yn trafod y cwestiwn mor wrthrychol ag y medrem. Codwyd Rhys mewn pentre seisnigedig, ond siaradai ef a'i chwaer a'u rhieni Gymraeg yn eu cartref. Yr oedd teulu arall o Gymry Cymraeg yn byw mewn fferm gerllaw, a bu ef a'i chwaer yn gyfeillion agos â phlant y teulu hwnnw. Felly, iddo ef, iaith y cartref a chwaraeon ei blentyndod a'r capel bach ac addysg anghystadleuol yr ysgol Sul oedd Cymraeg. Saesneg oedd iaith y capel mawr yn y pentre, ond nid âi i hwnnw. Saesneg hefyd oedd iaith yr ysgolion yr aeth iddynt (yr ysgol elfennol yn y pentre, a'r ysgol sir yn y dre) a'u haddysg gystadleuol. A Saesneg, wrth gwrs, oedd iaith ei addysg wedi hynny yng Nghaer-grawnt ac iaith pob swydd y bu ynddi hyd yn hyn—ac mae'n ymddeol eleni. Ni wn a fyddai cymaint o wahaniaeth rhwng y Rhys Cymraeg a'r Rhys Saesneg pe cawsai addysg ddwyieithog neu petasai wedi gweithio drwy gyfrwng y Gymraeg mewn swydd gyfrifol. Beth bynnag am hynny, fy marn i yw bod y *gravitas* sy'n tueddu i ddod drosto pan fydd yn siarad Saesneg wedi bod yn anfantais iddo droeon. Bernir ei fod yn berson difrifol iawn, ac yn ei brifysgol bresennol, er enghraifft, methodd ag osgoi cael ei wneud yn gadeirydd y Pwyllgor Apêl; oherwydd hynny, fe fu am flynyddoedd yn gwastraffu oriau lawer (i'm tyb i) yn pendroni yn ei ffordd orgydwybodol ei hun dros achos pob dihiryn a daflwyd allan o'r Ysgol Feddygol neu'r Gyfadran Ddiwinyddiaeth.

Yr olygfa hyfryd yn y fynwent, felly—Rhys a'i gyfeillion yn cael sbort anhygoel wrth lanhau'r beddau —a barodd imi ddechrau ystyried ei dynged ef fel plentyn mewn dwy o ysgolion Cymru yn y tridegau a'r pedwardegau a'r rhan a gafodd ei ieithoedd yn ei bersonoliaeth. Tybed ai fy llafariaid anuniongred i, a minnau'n ceisio ymgodymu â seiniau'r Saesneg yn Nulyn, a'i denodd yn ddiarwybod iddo? Byddai'n hyfryd meddwl bod y sŵn rhyfedd a wnawn wrth ynganu'r deuseiniaid Saesneg, a achosodd gymaint o drafferth imi, wedi arwain at ein priodas. Ond mae hyn, wrth gwrs, yn profi mor anodd yw penderfynu beth a fu'n wirioneddol dyngedfennol. Yn sicr, ni fu pob digwyddiad yn ein perthynas â'n gilydd yn Iwerddon yn dyngedfennol. Ar y llaw arall, ni ellid gwadu bod cyfarfod yn Nulyn wedi bod yn dyngedfennol inni'n dau.

Ond os felly, beth arall? Wedi hir ystyried, yr wyf wedi dod i'r casgliad mai ychydig iawn o bethau sy'n haeddu eu rhestru fel pethau a oedd yn amlwg ac yn ddiamau yn dyngedfennol i mi yn yr ystyr yr wyf fi am ei roi i'r gair yma, sef pethau a bennodd gwrs fy mywyd. Ystyrier Caer-grawnt. Wedi cwrdd yn Nulyn a phriodi, fe fûm i a Rhys yn byw am flynyddoedd yng Nghaer-grawnt, ac fe aeth llawer o'r blynyddoedd hynny heibio heb ddigwyddiad y gallwn ei nodi fel digwyddiad tyngedfennol. Mae'n wir eu bod yn deilwng o le yn *curriculum vitae* Rhys, oherwydd y profiad a gafodd o ddarlithio a'r erthyglau a gyhoeddodd. Ond prin y gellid dweud bod un digwyddiad arbennig ynddynt wedi bod yn dyngedfennol yn yr ystyr yr wyf fi wedi dewis ei roi i'r gair. Yn dyngedfennol fel marwolaeth fy mrawd Roberto, er enghraifft.

II

Yr oedd Roberto ddeuddeng mlynedd yn hŷn na mi. Clywais Mam a Nhad yn dweud lawer gwaith fod 'dyfodiad Silvana wedi peri peth syndod' iddynt; yr oeddynt wedi gobeithio cael merch fach unwaith, ond yr oeddynt wedi dod i'r casgliad ers rhai blynyddoedd na chaent blentyn arall. Os bu Roberto yn unig blentyn am gyfnod hir, nid achosodd colli'r safle ddim eiddigedd pan gyrhaeddais i. Bu'n hynod garedig wrthyf pan oeddwn yn fach; byddai bob amser wrth ei fodd os gallai, ar ei ffordd adref o'r ysgol, ddod o hyd i rywbeth a fyddai yn debyg o'm difyrru. Gan fod cymaint o wahaniaeth oedran rhyngom, mae'n debyg na theimlodd erioed fy mod yn unrhyw fath o fygythiad iddo. A sut y gallwn fod? Yr oedd yn amlwg eisoes pan oedd yn grwtyn ei fod wedi etifeddu cyneddfau mathemategol fy nhad, ac yr oedd yr un

11

mor amlwg bod fy nhad yn bur falch ohono. Ar y llaw
arall, ni chafodd ei faldodi. Yr oedd rhywbeth caled
iawn, os cyfiawn, yn natur fy mam, ac ni phetrusai ein
beirniadu yn llym pan fyddai ein hymddygiad yn ei
siomi. Disgwylid inni weithio yn gyson yn ein
hysgolion, fel yr oedd ein rhieni wedi gwneud pan
gawsant hwy eu cyfle (a defnyddio ymadrodd Mam).
Nid oedd hynny yn anodd i Roberto, nac i mi o ran
hynny, ac fe gafodd ef fywyd digon hwylus, gallwn
feddwl, yn ei febyd. Ni fu erioed yn brin o gyfeillion.
Yr oedd yn gymeriad serchus a siriol, yn llai swil na
Nhad ac yn llai pesimistaidd na Mam. Wrth gwrs,
argraffiadau plentyndod yw'r rhain. Mae'n bosibl,
petaswn wedi cael cyfle, y buaswn wedi digio wrth
Roberto yn ystod fy arddegau ac y buaswn wedi ei
weld yn wahanol a ninnau yn oedolion. Ond nid oedd
hynny i fod. Pan gyrhaeddodd yr oedran pryd y byddai
Mam a Nhad wedi disgwyl iddo fynd i'r Brifysgol, fe'i
galwyd i'r fyddin. Ac mi gofiaf tra bwyf byw y tristwch
llethol a ddaeth drosom yn ein cartref yn Rhufain pan
gawsom y newydd ei fod wedi ei glwyfo pan
ddinistriwyd ystordy a berthynai i'r fyddin Eidalaidd ar
gyffiniau Thala, yng Ngogledd Affrica, ddechrau 1943,
a'i fod wedi marw o'i glwyfau heb i neb ohonom gael
cyfle i'w weld. Ni lwyddodd i ddathlu ei ben blwydd y
flwyddyn honno; dau ddiwrnod arall a buasai'n un ar
hugain oed.

Hyd yn oed heddiw, os byddaf yn edmygu cymeriad
gwrywaidd brafiach a glanach a charedicach na'r
cyffredin yn un o'r nofelau y byddaf yn eu darllen,

byddaf yn tueddu i'w weld yn y ffurf a gymerodd Roberto y tro olaf y gwelsom ef yn fyw.

Gŵr mwyn iawn oedd Nhad. Yr oedd yn gallu bod yn ddoniol, a bu amser pan fyddai cryn arabedd yn perthyn i'w ymgomio. Ond ni feddai ar y cadernid callestraidd a nodweddai fy mam. Bu ei ymateb ef i farwolaeth Roberto yn druenus. Am wythnosau torrai allan i wylo rywbryd bob dydd, yn dawel ond yn ddilywodraeth, ac am fisoedd ni lwyddai i gadw ei feddwl ar ei waith. Ar ôl blwyddyn cafodd adferiad digon da iddo allu darlithio i'w fyfyrwyr, ac ni chollodd ei fywoliaeth. Ond nid oedd y rhyfela a'r trallodi wedi gorffen, a dioddefodd Nhad golled greulon arall. Lladdwyd ei unig chwaer, a oedd yn byw yn ymyl Cassino, pan fomiwyd ei thŷ yn ystod ymladd ffyrnig yn y rhan honno o'r Eidal yn 1944. Clywais ei gyfeillion yn y Brifysgol yn Rhufain yn dweud droeon na lwyddodd fyth wedyn i'w ddarbwyllo'i hun fod i'w waith unrhyw bwysigrwydd. Collodd bob hyder. Ni fedrai ganol-bwyntio yn hir ar ei waith ymchwil heb deimlo bod yr hyn a wnâi yn gwbl ddi-bwynt. Ac os edrychwch ar ei gyhoeddiadau, fe welwch taw siomedig dros ben yw'r cyfnod wedi marwolaeth Roberto o'i gymharu â'i waith cynnar. Yr oedd fel petai wedi colli nid yn unig y mab addawol yr ymffrostiai ynddo, ond hefyd bob gobaith ynglŷn â'i waith ei hun. A bu yntau farw, ryw ddeuddeng mlynedd ar ôl marwolaeth Roberto, yn ddyn cymharol ifanc.

Mae'n debyg i Mam gymryd yr awenau fwyfwy i'w dwylo ei hun fel y lleihâi diddordeb Nhad mewn bywyd.

Cyfreithiwr a symudasai i Rufain o Sardinia oedd ei thad hi, a gorfu iddo ymladd yn galed am flynyddoedd cyn ennill ei blwyf yn y brifddinas. Perthynai i deulu a ofnid yn y mynyddoedd o amgylch Nuoro am na allech dreisio na lladd un o'r tylwyth heb ddioddef y dial mwyaf arswydus. Nid oedd hyn wedi sicrhau heddwch; yn wir, yr oedd wedi arwain at *vendetta* ar ôl *vendetta* ymhlith rhai o deuluoedd blaenllaw y *Barbagia*. I'r twrnai ifanc a gawsai ei addysg ym Mhrifysgol Sassari ymddangosai hyn oll yn groes i Reswm, a Rheswm oedd ei dduw. Cefnodd ar yr ynys. Eto, yr oedd ef ei hun wedi etifeddu gwytnwch ac ystyfnigrwydd ei gyndeidiau, hyd yn oed os oedd wedi ymwadu â'u traddodiadau, ac fe gredai rhai o gyfreithwyr Rhufain fod y ffordd yr ymladdai yn y llysoedd yn profi bod ynddo hefyd rywfaint o'u ffyrnigrwydd a'u natur ddialgar. Buasai ef wedi gwadu hyn, ond yn sicr yr oedd yn ŵr anhydrin.

Codasid Mam yn nheulu y twrnai hwn, teulu mawr ac uchelgeisiol, ond teulu a fuasai'n gymharol dlawd, ac yr oedd wedi gweld amser caled yn ei hieuenctid. Ni ddisgwyliai i fywyd fod yn hawdd, ac yn sicr ni ddisgwyliai ddim gan y ddynolryw heblaw twpdra. Athrawes Lladin a Groeg oedd hi o ran galwedigaeth, ac nid oedd wedi rhoi'r gorau i'w gwaith pan briododd —dewis a oedd yn bosibl, ac yn gyffredin, yn yr Eidal ymhell cyn iddo fod yn bosibl yn Sir Forgannwg, er mawr syndod i Rhys. Yr oedd hi'n enwog am ei gonestrwydd. Ymhlith y plant a fynychai ei hysgol, yr oedd meibion a merched i weinidogion pwysig yn y llywodraeth. Byddai yr un mor llym wrth drafod plant y pwysigion hyn ag y byddai gyda'r lleill, ac fe ddirmygai'r athrawon a dueddai i wneud ffefrynnau ohonynt. Yr oedd yn hyddysg yn ei maes, ac fe'i perchid yn fawr gan rai cynddisgyblion galluog. Ond i eraill fe ymddangosai yn rhy erwin, hyd yn oed pe cyfaddefent ei bod yn gyfiawn yn ei gerwinder. Ymhlith y rheini ei llysenw oedd *Zero*, hynny oherwydd y marciau torcalonnus o isel a roddai iddynt bob wythnos yn y profion. Y ddedfryd arnynt yn amlach na pheidio fyddai: '*Ti do zero*' (hynny yw, 'I ti yr wyf yn rhoi 0 allan o 10'). Byddai yr un mor feirniadol o'i phlant ei hun ag y bu o eraill, ac yr oedd elfennau pedantig yn y modd y cywirai Roberto a minnau beunydd mewn materion gramadegol.

Yn ei hen ddyddiau, daeth hi a Rhys yn gyfeillion mawr. Byddai ef nid yn unig yn dadlau â hi, ond hefyd yn tynnu ei choes, ac yr oedd rhai o'i sylwadau annisgwyl dan yr amgylchiadau hynny yn apelio'n fawr ato, a bydd yn adrodd rhai ohonynt o hyd. Un diwrnod, pan oeddem yn aros gyda hi yn Rhufain, yr oedd hi wedi bod yn darllen *Essais* Montaigne ac wrth ei bodd am ei bod wedi darllen y darn lle y dywed ef ei fod o'r farn bod llai o wahaniaeth rhwng ambell anifail ac ambell ddyn nag a geir rhwng dynion a'i gilydd. Ac yr oedd yn amlwg bod hyn yn gymeradwy yn ei golwg, nid am fod ganddi barch mawr at anifeiliaid, ond oherwydd bod ei hasesiad o ran helaeth o'r ddynolryw yn isel iawn. Dechreuodd Rhys ddadlau, wrth gwrs: onid oedd bob amser yn haws tynnu llinell rhwng dynion ac anifeiliaid na rhwng dynion a'i gilydd? Ond daeth yn eglur ar unwaith yn ystod y ddadl a ddilynodd na châi Mam ddim anhawster wrth wahaniaethu rhwng Dyn a Bwystfil (a defnyddio ei thermau hi), hyd yn oed mewn dosbarth yn y *liceo classico*. Wrth ysgrifennu Lladin, maentumiai, neu hyd yn oed wrth ddweud rhywbeth sylweddol mewn Eidaleg, un llinell sicr rhwng Dyn a Bwystfil oedd y defnydd a wnaent o'r Modd Dibynnol.

Fe fydd Rhys weithiau yn cwyno ei fod yn gorfod treulio rhan helaeth o'i fywyd yn cywiro camsyniadau pobl eraill: pobl yn anfon cownt anghywir ato, neu yn anfon ato rywbeth cwbl wahanol i'r hyn y gofynnodd amdano. Bydd ef yn tueddu i briodoli hyn i ddiofalwch. Byddai Mam bob amser yn beio athrawon anonest ac arholwyr llac yn yr ysgolion: 'Dyna beth sy'n dod o basio plant sy'n haeddu ffaelu'. Un bore yr oedd Rhys yn cwyno am ei dreth incwm. Byddai ef yn llenwi ffurflen yn hollol gydwybodol bob blwyddyn, meddai, gan wneud hynny mewn da bryd. Yna, tua diwedd mis Hydref, byddai yn derbyn cownt hollol anghywir oddi wrth ryw glerc neu'i gilydd. Byddai wedyn yn gorfod paratoi apêl. Ymhen mis, neu ddau, neu dri, byddid yn derbyn yr hyn a ddywedasai yn y lle cyntaf. Paham yr oedd yn rhaid gwastraffu amser fel hyn bob blwyddyn? Nid oedd Mam mewn amheuaeth o gwbl: am fod pobl yn y swyddfa na haeddai y fath *ddyrchafiad* mewn bywyd. Petasai rhywun wedi eu ffaelu yn glir yn yr ysgol . . . Yr oedd Rhys yn ei ddau ddwbl . . . ond wythnos yn ôl mi glywais yntau ar y ffôn yn egluro wrth ryw reolwr swyddfa ei fod wedi derbyn llythyr oddi wrth rywun a haeddasai fethu yn derfynol cyn gadael yr ysgol . . .

Wrth edrych yn ôl yn awr, nid wyf yn credu bod Mathemateg a Ffiseg erioed wedi bod mor bwysig i mi ag yr oeddynt i Roberto. Yr oeddwn yn eu hoffi yn fawr, a byddai Nhad bob amser yn barod i'm helpu innau hefyd. Y broblem i mi oedd nad oeddwn i ddim yn fwy hoff ohonynt nag yr oeddwn o'r ieithoedd a astudiwn, a bod fy marciau os rhywbeth yn uwch yn y rheini. Pan adewais yr ysgol, bu raid imi ddewis. Ac erbyn hyn yr wyf yn tybio imi ddewis Mathemateg a Ffiseg am fy mod yn dymuno cysuro Nhad drwy lenwi i ryw raddau y bwlch a adawsai marwolaeth Roberto yn ei fywyd proffesiynol ef. Mae'n bosibl bod fy llwyddiant cymharol wedi bod yn gysur iddo yn ei flynyddoedd olaf; ond yn sicr ni allai dim lenwi'r bwlch. Wrth edrych yn ôl ar ddiddordebau'r deugain mlynedd diwethaf, ac yn arbennig ar fy ngweithgarwch fel cyfieithydd, tueddaf i gredu y buaswn wedi dewis ieithoedd, oni bai inni golli Roberto ac imi wneud yr hyn a allwn er mwyn cymryd ei le. Os felly, dyma yn amlwg elfen dyngedfennol yn fy ngyrfa, oherwydd Mathemateg a Ffiseg a enillodd y gymrodoriaeth a aeth â mi i Ddulyn.

Wedi darllen drwy'r bennod fach yr wyf newydd ei hysgrifennu, mae dau gwestiwn arall wedi dod i'm meddwl. Y cyntaf yw hwn: A oeddwn yn osgoi astudio ieithoedd yn y Brifysgol, er fy mod yn eu caru, am fy mod yn y maes hwnnw yn ofni llinyn mesur fy mam? Dichon fod hynny yn ffactor; ond yr wyf yn barnu'n onest mai'r rhesymau a roddais uchod oedd y pwysicaf. Ynghylch yr ail gwestiwn, yr wyf yn ansicr iawn. Wedi marwolaeth fy nhad, bu ei gyfeillion yn y

Brifysgol yn arbennig o garedig wrthyf. Cefais bob cymorth ganddynt pan ddechreuais wneud gwaith ymchwil. Tybed a fu cydymdeimlad â mi yn fy ngholledion (yr oeddynt i gyd yn gwybod fy mod wedi colli brawd yn ogystal â thad) yn elfen pan ddyfarnwyd i mi gymrodoriaeth i astudio mewn gwlad dramor? Nid oedd y syniad wedi fy nharo ar y pryd, ond erbyn heddiw, a minnau yn cribo'r gorffennol am elfennau tyngedfennol, nid ymddengys yn annhebygol. Sut bynnag, mae llawer i'w briodoli, yn uniongyrchol neu yn anuniongyrchol, i farwolaeth fy mrawd Roberto.

III

Pan oeddwn yn Nulyn, teimlais awydd i ddysgu ychydig o Wyddeleg, er na chlywn neb yn ei siarad yn fy adran i yn y Brifysgol nac yn fy lletty ychwaith. Ar y pryd yr oeddwn yn canolbwyntio ar berffeithio fy Saesneg, iaith yr oeddwn eisoes wedi ei hastudio yn yr Eidal, o leiaf fel iaith ysgrifenedig, ac iaith yr oedd yn rhaid imi bellach ymgodymu â hi fel iaith lafar er mwyn dilyn fy ngwaith yn y Brifysgol. Ond bernais y gallwn yr un pryd gael rhyw grap ar Wyddeleg drwy fynychu dosbarth nos. Cefais gryn flas ar yr iaith, er mai ychydig iawn a ddysgwn bob wythnos, a buaswn wedi dal ati pe buaswn wedi aros yn Iwerddon. Fel y mae, yr wyf wedi anghofio popeth heblaw hanner dwsin o frawddegau syml, a'r rheini o'r math rhyfedd y bydd gramadegwyr yn eu defnyddio er mwyn egluro cystrawennau ('Nid dŵr yw llaeth'). Yn y dosbarth Gwyddeleg cefais gyfle i gyfarfod â phobl wahanol i'r darlithwyr mewn Ffiseg a Mathemateg y treuliwn fy niwrnodau yn eu cwmni yn y Brifysgol, ac yr oedd ymglywed ag elfennau iaith ddieithr yn amheuthun.

Merch flwyddyn neu ddwy yn hŷn na mi oedd ein hathrawes. Nid oedd Máire yn hyddysg iawn, ac ni wyddai lawer am y dulliau diweddaraf o ddysgu ieithoedd modern, ond yr oedd yn frwdfrydig ac o ddifrif ynglŷn â'r iaith. Yr oedd yn ofid iddi na ddefnyddid Gwyddeleg fel iaith lafar yn Nulyn oddieithr mewn celloedd bach o wlatgarwyr a sefydliadau arbennig. A phan ddywedais wrthi nad oeddwn erioed wedi clywed neb yn yngan gair o Wyddeleg y tu allan i'n gwersi, fe drefnodd i mi ac eraill yn y dosbarth fynd gyda hi i weld drama yn yr iaith. Ni ddeallem lawer o'r hyn a glywem, ond yr oedd yn fodd i'n darbwyllo nad rhywbeth a fodolai mewn dosbarthiadau nos a rhaglenni radio yn unig mo'r iaith a astudiem (nid fy mod i cyn hynny yn gwybod am y rhaglenni radio hyd yn oed, gan nad oedd neb yn fy llety i yn gwrando arnynt). Ymhen wythnos neu ddwy wedi hynny, cefais wahoddiad i fynd adref gyda hi i gwrdd â'i theulu. A minnau braidd yn unig yn Nulyn ar y pryd, yr oeddwn yn ddiolchgar iawn am ei charedigrwydd, er mai siom braidd oedd cael ar ddeall mai hi oedd yr unig un yn ei chartref a fedrai'r iaith yn ddigon da i fentro ei defnyddio mewn unrhyw fodd. Sut bynnag, yr oedd ei rhieni a'i chwaer yn bobl groesawgar a chynnes, a bu'n dda dros ben gennyf gael gwahoddiad i'w tŷ i swper bob hyn a hyn yn ystod gweddill fy arhosiad yn Iwerddon. Yn haf 1958 bu Máire a'i chwaer yn ymweld â'r Eidal, a chawsom eu cwmni am rai diwrnodau yn ein fflat yn Rhufain. Oddi ar hynny nid oes Nadolig wedi mynd heibio heb gerdyn oddi wrth fy nghyfeilles Wyddelig.

Un o'm cyd-fyfyrwyr yn y dosbarth oedd Rhys. Yn araf braidd y daethom i adnabod ein gilydd. Yr oeddwn wedi bod yn gyfeillgar â Máire am fisoedd cyn i Rhys fy ngwahodd i fynd gydag ef i gyngerdd, ac am dipyn o amser nid oedd yn amlwg i mi a oedd am imi fod yn rhywbeth mwy na chwmni iddo mewn ambell gyngerdd neu ar ambell ymweliad â sinema.

Nid ei fod ef yn llwyr ddigwmni fel yr oedd. Cyn i mi gyfarfod ag ef, yr oedd wedi dod o hyd i bâr ifanc o gyd-Gymry oedd yn byw yn Nulyn, Jim a Lowri, a byddai'n galw arnynt yn rheolaidd bob nos Sul ac yn cael croeso cynnes bob amser. Pan ddaethant i wybod am fy modolaeth i, gwahoddwyd fi i fynd gydag ef ar yr ymweliadau hyn. A dyna sut y sylweddolais gyntaf nad oedd y Rhys Cymraeg yn hollol yr un fath â'r Rhys Saesneg. Wrth gwrs, deuthum i'r casgliad, yn eithaf teg, nad mater o iaith yn unig oedd y gwahaniaeth, ond mater hefyd o'i gael ei hun ymhlith cyfeillion agos. Hyd yn oed heddiw, er nad yw wedi eu gweld ers degawdau, fe fydd Rhys yn sôn am Jim a Lowri fel cyfeillion mynwesol ac yn siarad ag afiaith am yr ymweliadau â'u cartref, yn hollol fel y bydd rhai pobl yn sôn am eu dyddiau coleg. Darlithydd oedd Jim yntau, ond ei fod yn gweithio yn y Brifysgol arall. Weithiau byddai ef a Rhys yn dadlau'n ffyrnig, yn wir mor ffyrnig fel yr ofnwn y byddent yn rhwygo'u cyfeillgarwch. Ond yr oeddynt fel pe baent yn deall ei gilydd i'r dim, ac ni fyddent yn digio o ganlyniad i'w dadlau, o leiaf ddim am fwy na deng munud! Weithiau, wrth fynd â mi yn ôl i'm llety ar ôl noson yng nghwmni Jim a Lowri, fe gyfaddefai Rhys taw Jim a fuasai yn iawn yn y ddadl y noson honno. Ac fe ychwanegai: 'Ac yr own i'n agos iawn at fynd dros ben llestri hefyd.' A chwarddai. Fe chwarddwn innau hefyd. Yr oedd y syniad o greadur mor ofalus â Rhys yn mynd dros ben llestri yn ddoniol braidd; ond, yn ei dyb ef, deuai yn agos iawn at wneud hynny weithiau pan oedd yn ymlacio yng nghartref Jim a Lowri. Ac yr oedd yn hyderus y câi faddeuant pe digwyddai.

A dyma ni wyneb yn wyneb unwaith eto â phwnc yr iaith. I mi, Eidales sy'n byw yn Lloegr ac sy'n cael cystal cyfle ag sy'n bosibl efallai i edrych ar Gymru o'r tu allan, ymddengys yn bwnc tyngedfennol. Ac nid tynged yr iaith sydd gennyf mewn golwg, ond tynged y siaradwr. Mi sylweddolais fod yr awr neu ddwy o Gymraeg, a'r ymlacio a oedd yn gysylltiedig â hynny bob nos Sul, yn bwysig iawn i Rhys. (Sylwais ar rywbeth tebyg yn ymddygiad rhai o Gymry Leeds flynyddoedd wedi hynny. Deuthum i adnabod rhai ohonynt yn dda a synnu o wybod cymaint o ymdrech a wnaent i ddod o bell i'r capel Cymraeg yno, er nad oeddynt yn bobl arbennig o grefyddol. Amheuwn a fyddent i gyd mor gyson yn eu capeli pe baent yn ôl yn eu pentrefi genedigol yng Nghymru.) Ac mi benderfynais na fyddwn ar unrhyw gyfrif yn ymyrryd â'r broses ymlacio. Fe ddywedais wrth Jim, Lowri a Rhys am beidio ag ymatal rhag siarad Cymraeg pan fyddwn i yno. Yn hwyr neu yn hwyrach buaswn wedi dysgu digon i ddeall, os nad i gyfrannu yn rhugl.

Mewn gwirionedd, nid wyf yn un o'r merched hynny sy'n cael bod siarad iaith estron yn waith hawdd a hwylus. Yr wyf yn siarad Saesneg yn rhugl erbyn hyn am fy mod yn byw yn Lloegr ers blynyddoedd maith a'm bod, bron drwy gydol yr amser, wedi bod yn cyfieithu llyfrau o'r Saesneg i'r Eidaleg. Pan ddysgais Saesneg, dysgu'r iaith ysgrifenedig a wneuthum yn gyntaf. Yn hyn o beth yr oeddwn yn dilyn fy mam. Lladin a Groeg oedd ei thestunau hi fel athrawes, a Lladin oedd yr iaith y treuliodd y rhan fwyaf o'i hamser yn ei dysgu. Iddi hi, y ffordd orau o ddysgu iaith oedd meistroli ei gramadeg ac yna darllen llu o lyfrau ynddi. Fe ddysgodd Ffrangeg ar ei phen ei hun. Ni phoenodd erioed am fod yn rhugl mewn Ffrangeg fel yr oedd mewn Eidaleg, ond fe wnaeth rywbeth a ddaeth yn batrwm i mi. Fe gadwodd ddyddiadur, gan ysgrifennu ynddo yn Ffrangeg a Lladin am yn ail, am yn agos i hanner canrif. Eithaf syml oedd y brawddegau yn ystod y flwyddyn gyntaf, ond fe ddaeth gyda'r blynyddoedd i allu trafod pob math o destun heb deimlo bod newid iaith yn ei llyffetheirio. Rhoddai cyfansoddi brawddegau Lladin bleser unigryw iddi. Afraid dweud nad oedd ganddi ddim cydymdeimlad â'r dulliau diweddar o ddysgu Lladin drwy ddarllen, heb ddysgu llawer o ramadeg a heb ymdrechu i ysgrifennu'r iaith yn goeth —y dulliau *Dagrau-heb-Ladin*, fel y byddai hi yn sôn amdanynt.

Bellach, mi welaf nad damcaniaethau ynghylch dysgu ieithoedd yn unig sydd yn y fantol yma, eithr anianawd yn ogystal. Yr wyf fi, heb ragfarnau fy mam, wedi chwarae â sawl method; ond yn y diwedd yr wyf yn cael, fel hithau, taw'r dulliau traddodiadol sy'n apelio fwyaf ataf innau hefyd. Yr wyf yn cydnabod pwysigrwydd seineg ac wedi gwneud llawer mwy o ymdrech nag a wnaeth hi i ynganu pob iaith a ddysgaf fel brodor; ond yn y diwedd darllen ac ysgrifennu, nid parablu, yw fy nifyrrwch pennaf i. Nid wyf y math o berson sy'n beiddio merwino clustiau pobl eraill na'r math o berson sy'n fodlon ar ddefnyddio rhyw bedwar neu bum cant o'r ystrydebau y mae modd eu dysgu oddi ar dâp. Oherwydd hynny efallai, mae'n rhaid imi gyfaddef taw anfoddhaol iawn yw fy Nghymraeg llafar, ac yn anaml y byddaf yn mentro dweud mwy na hanner brawddeg y tu allan i'r cartref. Nid wyf yn fy nghynnig fy hun fel unrhyw fath o fodel, felly. Petaswn wedi bod yn sŵn y Gymraeg, fel yr wyf wedi bod yn defnyddio Saesneg, am yn agos at ddeugain mlynedd, y mae'n dra thebygol y byddwn erbyn hyn yn siarad heb golli treiglad. Nid felly y mae. Ond yr wyf bellach wedi cadw dyddiadur yn Gymraeg ers degawdau, ac fe ymddengys yn gwbl naturiol imi lunio'r atodiad hwn i'm dyddiadur yn yr un iaith. Y gwir yw fy mod yn cael rhyw foddhad anodd ei ddiffinio pan lwyddaf i feistroli cystrawen Gymraeg newydd. A phan ddarllenaf ambell baragraff gan awdur fel T. Gwynn Jones, rhyfeddaf at ardderchowgrwydd y peth, fel rhyw ddyneiddiwr yn y Dadeni gynt wedi ei syfrdanu gan gymalau Cicero. Cymraeg yw fy Lladin i.

Mi wn, wrth gwrs, nad yw fy ngeirfa mor gyfoethog yn Gymraeg ag yw mewn Eidaleg (neu Saesneg neu

Ffrangeg o ran hynny), ond mae'n bosibl bod manteision yn ogystal ag anfanteision hyd yn oed i hynny. Meddyliwch mor gyfyng yw geirfa dramâu Racine, er enghraifft, a sut y mae'r modd y canol-bwyntiodd ar set fach o ymadroddion yn hoelio ein sylw ar deimladau hanfodol ei gymeriadau. Dichon mai rhyw ystyriaethau o'r fath a barodd i rai awduron gyfyngu eu hieithoedd eu hunain yn fwriadol mewn gweithiau arbennig. Dyna a wnaeth Anthony Burgess yn *The Piano-players*, lle yr adroddir y stori gan ddynes gymharol anllythrennog. Clywais un beirniad yn amau a yw ei hiaith hi yn ddigon 'anghywir' i'n hargyhoeddi'n llwyr, ond mae'n rhaid edmygu'r modd y bu Burgess yn ddigon o artist i gadw'r iaith yn wastad drwy gydol y llyfr, a hynny mewn arddull wahanol iawn i'w arddull arferol, ac i ymatal yn llwyr rhag ysgrifennu'r tudalennau ymfflamychol hynny (y tudalennau bardd-onllyd a ysgrifennir er mwyn iddynt gael eu dyfynnu, heb eu cyd-destun, mewn adolygiadau) sy'n gymaint bwrn yng ngwaith ambell ymgeisydd am wobr Booker. Eto i gyd, yr awdur mwyaf llwyddiannus y gwn i amdano o blith y rhai a fynnodd ymgyfyngu i iaith cymeriad anllythrennog yw Romain Gary (dan y ffugenw Emile Ajar) yn *La vie devant soi*, lle yr adroddir pob dim yn iaith ddoniol crwt bach o Arab a godwyd gan hen Iddewes garedig yn slymiau Paris.

Ond, wrth gwrs, mae byd o wahaniaeth rhwng fy sefyllfa i a sefyllfa Burgess a Gary. Ymgyfyngu o fwriad a wnaethant hwy mewn ieithoedd y gallasent fod wedi eu hysgrifennu yn frasach. O reidrwydd y byddaf fi yn aml yn ysgrifennu yn anystwyth, ac yn anfwriadol y byddaf o bryd i'w gilydd yn ysgrifennu yn anghywir. Yr unig beth bwriadol ynglŷn â hyn oll yw fy mod wedi dewis Cymraeg, y chweched iaith imi ddechrau ei dysgu, fel y Lladin yr hoffwn ddod i'w thrin.

IV

Yr wyf yn sylweddoli heno fy mod wedi cyfansoddi pennod fach ar ein bywyd yn Nulyn heb, hyd yn hyn, fanylu ar ein carwriaeth; mae'n lwcus nad ysgrifennu nofel yr wyf! Ai am fy mod yn perthyn i genhedlaeth oedd braidd yn swil wrth drafod manylion o'r fath y digwyddodd hyn? Efallai, ond gallwn gynnig nifer o resymau eraill hefyd.

Un ohonynt yw math o flinder, nid wrth ystyried y testun, ond wrth ystyried ysgrifennu arno. Ers blyn-yddoedd bellach yr wyf nid yn unig yn cyfieithu nofelau, eithr hefyd yn dewis nofelau ar gyfer eu cyfieithu, i'r Eidaleg. Mae hyn yn golygu darllen nifer o gyfrolau bob mis. Er bod Alberto Moravia wedi ysgrifennu ei nofel gignoeth gyntaf cyn belled yn ôl â 1929, yr oedd gobaith o hyd tua deugain mlynedd yn ôl i awdur ddweud rhywbeth gwreiddiol wrth gyn-nwys yn hanes unrhyw garwriaeth ddisgrifiad mwy gonest nag a fuasai yn gonfensiynol cyn hynny o'r hyn a wnâi mab a merch yn y gwely (neu ar y llawr neu yn erbyn y wal). Ond ers dros chwarter canrif bellach mae llawer o gyhoeddwyr yn tybied na ellir gwerthu nofel heb gael disgrifiad o'r fath dair neu bedair gwaith ym mhob cyfrol, ac weithiau rhoddir hanner dwsin o'r disgrifiadau hyn i mewn er mwyn sicrhau bod y teithiwr blin yn taro ar o leiaf un ohonynt pan fydd yn agor llyfr neu ddau yn frysiog yn y maes awyr cyn prynu rhywbeth ar gyfer y daith. Ni ddylem synnu os yw llawer o'r disgrifiadau confensiynol hyn wedi mynd mor debyg i'w gilydd fel y gellid cymryd rhai ohonynt allan o un llyfr a'u rhoi mewn un arall heb newid dim ond enwau'r cymeriadau. Os nad ydych yn darllen mwy na dwy nofel y flwyddyn (ar eich taith i Sbaen ar eich gwyliau, dyweder, ac ar y ffordd yn ôl), mae'n bosibl eich bod o hyd yn cael blas ar ddogn o'r fath. Ond os ydych yn gorfod darllen llu ohonynt, fe sylweddolwch eich bod yn gweddïo, wrth gymryd llyfr yn eich llaw, y bydd unrhyw dudalennau ar serch yn ymataliol neu o leiaf yn barodïol neu'n gellweirus. ('Ni adawodd ei meddwl hi Old Trafford am eiliad. Erbyn hyn byddai'r hanner cyntaf drosodd a hithau heb wybod a oedd amddiffynwyr Wrecsam wedi llwyddo i gyfyngu Man United i un . . . neu ddwy . . . neu dair . . .')

Cyn belled ag y mae fy nhasg bresennol yn bod, rhaid imi gofio rhai ystyriaethau eraill yn ogystal. Er mor dyngedfennol i mi fu cwrdd â Rhys yn Nulyn, byddai'n anodd imi ddadlau bod llawer o *fanylion* ein carwriaeth wedi bod yn dyngedfennol. Ni fuont yn eithriadol ychwaith. Yn ôl safonau heddiw, fe ddechreuodd y berthynas rhyngom braidd yn araf, gydag ambell ymweliad â chyngherddau Cerddorfa Radio Eireann. Byddai'n rhamantus pe gallwn ddweud i dempo'r garwriaeth newid yn garlamus wedi inni ddod allan o un o'r cyngherddau hyn a cherdded ar hyd y traeth ychydig filltiroedd i'r de o Ddulyn a'r lleuad ar y môr . . . Ond nid felly y bu.. Nid y lleuad a ddylanwadodd arnom, ond llythyr rhyddieithol iawn oddi wrth hen diwtor i Rhys yng Nghaer-grawnt.

Yn ôl y llythyr, teimlai Mr Cottle y dylai dynnu sylw Rhys at hysbysebiad fod un o'r colegau yno yn bwriadu penodi i gymrodoriaeth mewn Hanes. Yr oedd yn tybio hefyd y byddai darlithyddiaeth mewn Hanes yn y Brifysgol yn dod yn wag ymhen dwy flynedd, pan fyddai un o'i gyd-weithwyr yn ymddeol, a phan ddigwyddai hyn, gallai Rhys gynnig am y swydd honno yn ogystal. Am bum mlynedd yn unig yr oedd y gymrodoriaeth, ond, pe câi honno, a llwyddo wedyn, yn ystod y pum mlynedd, i gael swydd sefydlog yn y Brifysgol, byddai'r coleg yn debyg o wneud y gymrodoriaeth hithau yn barhaol. A dweud y gwir, yr oedd sawl amod yn hyn oll, ac fe amheuai Rhys a fyddai yn ddoeth iddo roi'r gorau i'w swydd ddiogel (darlithyddiaeth) yn Nulyn er mwyn cymryd swydd a apeliai ato yn bennaf am y gallai fod yn help pan fyddai yn cynnig am swydd arall yn nes ymlaen. Gwyddai am un ysgolhaig (mewn testun arall) a adawsai ddarlith-yddiaeth mewn prifysgol daleithiol yn Lloegr i fynd i gymrodoriaeth bum-mlynedd ac a daflwyd ar y clwt pan ddaeth y gymrodoriaeth i ben. Bu hwnnw allan o waith am dair blynedd cyn cael swydd arall, a bu raid iddo fynd i Ganada i gael honno. Hefyd, meddai Rhys, yr oeddwn i bellach yn rhan o'r benbleth! Am byth-efnos, buom yn trafod a thrafod. A pho fwyaf y dadleuem ynghylch y manteision a'r anfanteision, mwyaf y sylweddolem bwysiced inni'n dau oedd cael bod gyda'n gilydd. Gyda'r posibilrwydd o golli ein gilydd yn ymddangos o'n blaenau, fe gynhesodd ein perthynas o ddydd i ddydd. Yn y diwedd, dywedodd Rhys wrthyf y cawn i ddewis. Os oeddwn yn barod i'w briodi a mynd gydag ef, byddai'n cynnig am y swydd yng Nghaer-grawnt. Os nad oeddwn yn barod, byddai yn aros yn Nulyn er mwyn i'n perthynas gael rhagor o amser i aeddfedu.

Derbyniais. Nid oedd mynd i Loegr wedi bod yn fy meddwl o gwbl pan aethwn i Ddulyn: fy mwriad oedd treulio tair blynedd yn Iwerddon ac yna ddychwelyd i'r Eidal i chwilio am waith. A gwyddwn yn iawn y byddai yn anodd imi gael swydd academig yn Nghaer-grawnt. Gallwn ddychmygu'r math o gystadleuaeth a geid yn fy maes i pe hysbysebid darlithyddiaeth gan y Brifysgol, gyda darlithwyr profiadol o brifysgolion eraill yn awyddus i gael cyfle i weithio yn Labordy Cavendish! Nid oedd yr argoelion yn y colegau fawr gwell; dau o'r colegau yn unig oedd yn golegau i fenywod, ac ar y pryd nid oedd colegau'r dynion wedi dechrau sôn am droi'n golegau cymysg. Ond fe ddaethai Rhys a minnau i adnabod ein gilydd yn well o lawer yn ystod y bythefnos honno, yn ddigon da erbyn ei diwedd i wybod taw gyda'n gilydd yr oeddem am fod.

Serch hynny, bu Rhys yn ddigon amyneddgar i ddeall na fuasai ddim yn deg imi ymadael heb orffen fy ngwaith ymchwil, a minnau eisoes wedi dal cymro-doriaeth am ddwy flynedd a phawb yn disgwyl imi ei dal am flwyddyn arall. Yn ystod y flwyddyn honno bu ef yn byw yn ei goleg yng Nghaer-grawnt ac yn chwilio am fflat i ni. Yna priodasom yn Rhufain, ac euthum gydag ef i Loegr.

V

Fel yr ofnwn, ni chefais waith sefydlog yn fy nhestun i yng Nghaer-grawnt, er imi fod am rai blynyddoedd yn diwtor rhan-amser mewn Ffiseg a Mathemateg, yn cael fy nhalu yn ôl yr oriau a weithiwn bob wythnos. Ar y pryd, teimlwn braidd yn siomedig nad oedd modd cael dim gwell, ond ymhen tair neu bedair blynedd, deuthum i'r casgliad fod yr hyn a ddigwyddasai wedi bod er lles imi, gan fy mod wedi cael cyfle i ehangu fy ngorwelion, yn enwedig mewn cerddoriaeth. O dipyn i beth, newidiodd fy ngwaith hefyd. Yn fuan wedi symud i Gaer-grawnt, cefais wahoddiad i baratoi cyfieithiad, o'r Saesneg i'r Eidaleg, o lyfr ar bwnc mewn Ffiseg. Cefais flas ar gyfieithu, a deuthum i adnabod y cyhoeddwr yn Rhufain. Derbyniais wahoddiad oddi wrtho i drosi rhagarweiniad i Ieitheg a chael fy mod yn mwynhau'r testun hwnnw yn fawr, er imi orfod mynychu cwrs o ddarlithoedd yn y Brifysgol er mwyn sicrhau fy mod yn deall popeth yr oeddwn yn ei gyfieithu! Wedi hynny, mentrais ar nofelau. Pan oedd Rhys wedi ymsefydlu yng Nghaer-grawnt a chael gwybod bod ganddo swydd ddiogel fel darlithydd prifysgol, rhoddais y gorau i'm gwaith fel tiwtor rhan-amser, a ffarweliais â Mathemateg a Ffiseg, yn broffes-iynol o leiaf, er mwyn cael mwy o amser ar gyfer fy niddordebau eraill.

Petai gŵr deallus o gyfandir Ewrop yn cael ei orfodi i ymsefydlu mewn tref neu ddinas yn Lloegr ond yn cael dewis pa un, byddai llawer i'w ddweud dros gymeradwyo Rhydychen neu Gaer-grawnt iddo, o leiaf am gyfnod, er mwyn iddo osgoi cael ysgytiad annioddefol. O'r ddau beth a fyddai'n debyg o'i boeni fwyaf mewn tref Seisnig, sef lefel isel diwylliant ei gymdogion ac agweddau ar eu glendid personol, gallai o leiaf fod yn weddol dawel ei feddwl ynglŷn â'r cyntaf. Fe gâi ddigon o orielau, llyfrgelloedd, cyngherddau, dramâu, darlithoedd a ffilmiau i deimlo ei fod o fewn cyrraedd i ddiwylliant Ewrop. Ac yn cynnal y math o ddiwylliant sydd ynghlwm wrth y pethau hyn, fe geid cyfartaledd uchel o bobl sy'n gwybod rhywbeth am gerddoriaeth a hanes y celfydd-ydau cain a llenyddiaeth eu cyd-Ewropeaid. Petai ein Hewropead yn dewis Bournemouth neu Basildon neu Grimsby, mae'n dra thebygol y deuai o hyd i gymdogion, fel ein cymdogion presennol ni yn Swydd Efrog, a gâi gryn anhawster pe gofynnid iddynt ddiffinio yn glir y gwahaniaeth rhwng Pontormo a phen tarw.

Parthed glendid personol, mae'n rhaid dweud bod rhai pethau wedi gwella yn ystod y deng mlynedd ar hugain diwethaf. Yr oedd gwres canolog a digonedd o ddŵr poeth yn ddigon cyffredin yn ninasoedd Ewrop ymhell cyn y rhyfel, a thipyn o sioc, nid yn unig yn Iwerddon ar ddiwedd y pumdegau, eithr hefyd yng Nghaer-grawnt ar ddechrau'r chwedegau, oedd cael bod cynifer o dai heb y manteision hyn. Yn naturiol, pan oedd myfyrwyr yn byw mewn tai oer a'r dŵr 'poeth' yn glaear neu yn waeth, ni theimlent gymhelliad cryf i gymryd bàth beunyddiol, a dweud y lleiaf.

Un peth y bydd ymwelwyr o Ewrop o hyd yn hiraethu amdano, ond eu bod yn rhy gwrtais fel rheol i sôn amdano, yw'r *bidet*. Fe ddarfu inni drafod y mater arbennig hwn yn ystod un o ymweliadau Mam â'n cartref ni yng Nghaer-grawnt. Ei sylw hi oedd y byddai Ewropeaid yn eithaf parod i faddau i farbariaid petai'r barbariaid yn ostyngedig ac yn barod i ddysgu. Ond pan oeddynt yn sôn am 'arwain Ewrop', fel yr oedd un ohonynt wedi gwneud yr wythnos o'r blaen, fe sylweddolai pobl wâr fod methiant Napoleon wedi bod yn drasiedi. Nid oedd y *bidet* a'r system ddegol ond dwy o'r bendithion y buasai pobl ar ymylon gwareiddiad wedi eu derbyn ymhell dros ganrif ynghynt petasai ef wedi llwyddo. Efallai y disgwyliai Mam i Rhys ddadlau â hi ynglŷn â hyn; ond yr oedd ei feddwl ef eisoes yn dilyn trywydd gwahanol. Petasai wedi meistroli'r cynganeddion, meddai, fe fuasai wedi moliannu'r *bidet*; yr oedd yn destun delfrydol i gywyddwr da (*Y Bardd yn cyfarch ei fide ar ôl absenoldeb creulon*).

Testun syndod arall i'r Ewropead yn Lloegr yw'r modd y trinnir carpedi, er fy mod i mor gyfarwydd â hyn bellach fel nad yw'n fy mhoeni fel y bu. Lloriau marmor oedd gennym yn ein fflat yn Rhufain, ac fe olchid y rhain bob dydd. Bydd rhai pobl yn yr Eidal yn rhoi carpedi neu fatiau i lawr yn y gaeaf ond yn eu codi yn ystod y tywydd poeth yn yr haf. Gresynais pan ddeellais fod y carpedi a guddiai'r llawr o wal i wal yn ein fflat gyntaf yng Nghaer-grawnt wedi bod yno ers blynyddoedd. Ofnwn y buasent eisoes wedi magu rhyw afiechyd, a synnais braidd pan lwyddais i adael y lle ymhen blwyddyn heb ddioddef pwl o'r fogfa! Bydd Rhys yn mynd â mi weithiau i ymweld â chyfaill iddo sy'n byw mewn fferm ar lethrau Mynydd y Diafol, ryw ddwy filltir o Roseithin, a theimlaf ryddhad bob tro y gwelaf taw llawr fflagiau a olchir yn gyson a geir o hyd yn y Gegin Fawr lle y cawn bryd o fwyd fel rheol pan fyddwn yno.

Fel yr awgrymais eisoes, mwynheais agweddau ar fywyd Caer-grawnt yn fawr iawn, yn enwedig rhai o weithgareddau cymdeithasau cerddorol y colegau. Ar y llaw arall, ymhen rhai blynyddoedd, ni allwn lai na theimlo fy mod weithiau yn dioddef o glawstroffobia. Tref gymharol fach yw Caer-grawnt. Os yw dyn yn gysylltiedig â'r Brifysgol yno, mae'n dod i adnabod nifer o bobl. Unwaith y bydd yn eu hadnabod, mae'n anodd eu hosgoi. Gwelwch fyfyrwyr a darlithwyr ym mhobman bob dydd. Yn Rhufain neu yn Llundain, gellwch weithio mewn sefydliad fel coleg ac eto fyw mewn rhan o'r ddinas lle y gellwch anghofio am eich gwaith a'ch cyd-weithwyr am ysbaid tra byddoch yn siopa neu'n mynd am dro.

Fe welwch ysgolheigion o wledydd eraill yn aml yng Nghaer-grawnt, ac Eidalwyr yn eu plith o bryd i'w gilydd. Unigolion ar ymweliadau cymharol fyr yw'r rhan fwyaf ohonynt, ac nid ydynt yn ddigon niferus i ffurfio unrhyw fath o gymuned. Pan oeddem ni yno, yr oedd cysylltiad arbennig rhwng un adran o'r Brifysgol a phrifysgol yn yr Eidal, a deuai rhai darlithwyr oddi yno draw am ddwy neu dair blynedd ar y tro. Bu'r rhai a adwaenwn i fel pe baent yn awyddus aethus i ddangos eu bod wedi troi'n Saeson. Y peth cyntaf a wnaent oedd prynu pib neu ddwy a'u hysmygu yn y mannau mwyaf cyhoeddus. Yr oeddwn yn ddigon parod i faddau'r giamocs hyn dan wenu, ond pan glywais un ohonynt, ac yntau'n enedigol o Emilia, yn canmol y bwyd yng ngholeg Rhys, bu'r rhagrith yn ormod i mi ei oddef! Fel y dywedais wrtho, yr oedd ymddygiad cydymffurfiol o'r fath yn ychwanegu at y clawstroffobia rywsut, pan allasai trefedigaeth dda o Ewropeaid, a'r rheini yn gadarn yn eu gwahanol draddodiadau, fod yn gymorth i'w ddileu.

Byddai Rhys yntau yn teimlo rhywbeth tebyg weithiau, yn enwedig gan ei fod yn perthyn, nid i'r Brifysgol yn unig, ond i'w goleg yn ogystal. Pan yw prifysgol wedi ei rhannu yn golegau, fel Rhydychen a Chaer-grawnt, gall y coleg fod yn sefydliad cymharol fach. Gall hyn fod yn fantais fawr pan ewch yno fel myfyriwr, neu yn wir yn eich blynyddoedd cynnar fel cymrawd. Pan aeth Rhys yn ôl i Gaer-grawnt o Ddulyn, bu yno am gyfnod ar ei ben ei hun, gan fy ngadael i yn Iwerddon i orffen fy ymchwil. Bu byw yn y coleg tra chwiliai am fflat inni yn fodd iddo ddod i adnabod yn fuan iawn y chwe chymrawd a oedd yn byw yno yn barhaus a'r dwsin a hanner a fyddai'n bwyta yn gyson yn y ffreutur. Ond gyda'r blynyddoedd dechreuodd deimlo bod y gymdeithas glòs golegol yn mynd yn faich, a buasai wedi bod yn fwy o faich arno petasai yn un o'r cymrodyr a gartrefai yn y coleg, yn hytrach nag yn un o'r rheini a oedd yn byw y tu allan. Mater o anianawd eto yw hyn; fe ddewisodd un neu ddau o'i gyfeillion fyw yn yr un coleg drwy gydol eu gyrfa academig, hyd yn oed pan allasent gael swyddi da yn y byd tu allan i Gaer-grawnt. A bu un ysgolhaig disglair a adwaenem (yn Rhydychen y tro hwn) yn anfodlon i'w goleg ef, oherwydd prinder ystafelloedd, bwyso arno i symud allan ar ôl ymddeol. Cwynai yn druenus taw ei goleg oedd ei gartref.

Rhyfeddwn at rôl y gwragedd yn y gymdeithas golegol. Yn Rhufain, petai un o gyd-athrawon fy nhad am ddod i'w adnabod yn well, byddai yn ei wahodd ef a Mam i'w gartref i swper ac yn rhoi cyfle iddynt gwrdd â'r teulu. Ac os hoffent ei gilydd, byddai'r athro hwnnw a'i wraig yn cael gwahoddiad yn ôl i'n tŷ ni. Yng Nghaer-grawnt, byddai Rhys yn rhoi awr yr un o arolygiaeth bob wythnos i nifer bach o fyfyrwyr o golegau eraill. Byddai tiwtor pob un o'r myfyrwyr hynny yn datgan ei ddiolchgarwch drwy wahodd Rhys i ginio yn y coleg y perthynai'r myfyriwr iddo (a byddai hyn, wrth gwrs, yn ffordd hwylus o holi sut yr oedd y myfyriwr hwnnw yn ymgodymu â'r pwnc yr oedd yn ei astudio gyda Rhys). Byddai Rhys yn ei dro yn teimlo y dylai wahodd y tiwtoriaid hyn i ginio yn ei goleg ef. Felly, byddai rhwydwaith o wahoddiadau yn bod lle nad oedd lle i'r gwragedd. Fe ellid creu rhwydwaith arall drwy wahodd cyd-weithwyr a berthynai i'r un gyfadran ond i wahanol golegau. Wrth gwrs, fe ellid torri allan yn awr ac yn y man. Ond gan fod y rhwydwaith eisoes yn llyncu llawer o amser, gan fod pob gwahoddiad yn golygu treulio noson, o tua saith o'r gloch ymlaen, mewn rhyw goleg neu'i gilydd, a chan fod ambell goleg yn meddu ar *chef* galluog, byddai llawer o gymrodyr yn dibynnu bron yn gyfan gwbl ar y math yma o gymdeithasu, gan adael i'w gwragedd fwyta wy wedi ei ferwi gartref, neu chwilio am ryw ddifyrrwch arall. Yr oeddwn yn falch o'r ffaith y byddai Rhys yn gofyn imi wahodd pobl i'n cartref weithiau i gael pryd o fwyd Eidalaidd!

Yn naturiol, fe ddylanwadodd hyn oll arnom pan gafodd Rhys gyfle i symud eto ar ôl bod yng Ngaer-grawnt am bedair blynedd ar ddeg. Petasem wedi cael plant, dichon y buasem wedi aros, er mwyn iddynt gael parhau i fynychu rhyw ysgol neu'i gilydd; fel yr oedd, ni fu ystyriaeth o'r fath yn y fantol. Pan ddaeth cadair yn wag ym Mhrifysgol Elmet yn Swydd Efrog, anogwyd Rhys i gynnig amdani. Erbyn hynny, yr oeddem ein dau, er yn ddiolchgar am ein blynyddoedd yng Nghaer-grawnt, yn barod i fyw mewn tre lle y gallem anghofio'r Brifysgol weithiau, cymdeithas lle y byddai'r Brifysgol yn rhan o'r gwareiddiad, ond heb i'r gymuned droi o'i chylch.

Yr oeddem hefyd, wrth gwrs, ein dau heb unrhyw brofiad o'r math o gymdeithas daleithiol Seisnig yr oeddem yn mynd iddi. I mi, y mae rhyw hud a lledrith mewn lleoedd dieithr. Tybed a oeddwn hefyd, yn ddiarwybod imi, o hyd yn coleddu un o gamdybiaethau rhamantaidd ieuenctid, sef bod y llai soffistigedig yn debygol o fod rywsut yn lanach?

A oedd rhywbeth yn dyngedfennol ynglŷn â'r blynyddoedd yng Nghaer-grawnt? Credaf fod yn rhaid imi gyfrif rhywbeth nad oedd yn ddigwyddiad sydyn, sef y newid graddol a fu yn fy ngwaith, y symud yn ôl i fyd iaith ac ieitheg. Pan fyddwch yn mabwysiadu iaith, byddwch hefyd yn mabwysiadu ei diwylliant i ryw raddau; mae eich bywyd yn newid pan fyddwch yn teimlo bod ei llyfrau a'i chylchgronau wedi dod â llawenydd newydd a gofidiau newydd i'ch rhan. Yn y saithdegau y dechreuais deimlo fy mod wedi cyrraedd y pwynt yna gyda'r Gymraeg. Ond yn raddol iawn y bu hynny, ac ar ôl gadael Caer-grawnt yr aeddfedodd y teimlad.

Rhywbeth arall? Dim arall, am wn i, heblaw, wrth gwrs, y penderfyniad, am y rhesymau y ceisiais eu cofnodi mor deg ag y medrwn, i ymadael a symud i'r gogledd! Bu hwnnw yn sicr yn dyngedfennol.

VI

Pan benodwyd Rhys i Gadair Hanes yr Oesoedd Canol ym Mhrifysgol Elmet, buom yn ddigon ffodus i ddod o hyd i dŷ addas yn Beckley, tre fach sydd yn ymyl gwlad hyfryd iawn yn Wharfedale ac eto'n gyfleus i Leeds a Bradford. Mi wn na fyddai pawb yn hoffi'r tŷ hwn; byddai rhai pobl yn ei ystyried nid yn unig yn hyll, ond yn anghyfleus hefyd. Fe'i codwyd yn oes Victoria, ac y mae tri llawr iddo; mae rhai o'n cyfeillion o'r Eidal, sy'n gyfarwydd â byw ar un llawr, yn synnu i ni ei brynu. Yn ein golwg ni, mae iddo rinweddau pendant iawn. Mae yn adeilad cadarn, mae ynddo ddigon o le i'n llyfrau a digon o ystafelloedd i ganiatáu inni gael cyfeillion a pherthnasau i aros, ac mae tipyn o dir yn perthyn iddo, tir y bydd pobl garedig yn sôn amdano fel ein gardd. Adeiladwyd y tŷ yn un o hanner dwsin mewn lôn dawel mewn cyfnod pan oedd pris tir yn isel yn y gymdogaeth hon. Mae rhai o'r tai yn Moss Lane yn fwy na'i gilydd, a'n tŷ ni yn un o'r lleiaf ohonynt, ond y mae tipyn o dir ynghlwm wrth bob un o'r tai; yn wir, mae'r gerddi yn ymddangos yn wirioneddol fawr bellach o'u cymharu â'r gerddi pitw a roddwyd i'r tai modern a adeiladwyd mewn stryd newydd y tu ôl i'n tai ni. Yn y rhannau o'r gerddi sydd o flaen y tai mae llawer o goed aeddfed, rhai ohonynt wedi cyrraedd eu llawn dwf, ac yn eu plith ffawydd a chastanwydd ysblennydd y bydd eu dail yn achosi cryn dipyn o waith inni yn yr hydref bob blwyddyn.

Yma buom yn byw am gyfnod rhwng y Claptoniaid a'r Wilsoniaid, fel y bydd Rhys yn sôn amdanynt. Gwŷr busnes oedd Clapton a Wilson, ond yr oeddynt yn bur annhebyg i'w gilydd, hyd yn oed ar yr olwg gyntaf.

Gŵr mawr, tew, coch ei wyneb, du ei wallt, byr ei dymer, ond parod ei hiwmor oedd Ernest Clapton. Siaradai dafodiaith Gorllewin Swydd Efrog, ac nid oedd yn hawdd i mi ei ddeall. Pan oedd hyn yn amlwg, cyfieithid ei sylwadau i iaith oedd yn ddigon safonol o ran geirfa, ffurfiant, a chystrawen, ond eto yn brydferth o ogleddol o ran acen, gan ei wraig, gwraig dal, olau a feddai ar wên garedig. Gweithiai Clapton yn ei fusnes ei hun, busnes adeiladu a sefydlasid gan ei dad. Daeth ef a'i wraig draw am ddeng munud pan oeddem yn symud i mewn i ofyn a oedd y gwaith yn mynd yn ei flaen yn iawn.

Gwallt a mwstás cochlyd oedd gan Edward Wilson; yr oedd y gwallt eisoes yn denau iawn. Siaradai Saesneg ag acen de-ddwyrain Lloegr. Yr oedd ei wraig yntau hefyd yn dal iawn. (Pan welais hi am y tro cyntaf, a minnau eisoes wedi gweld gwraig Clapton, dechreuais feddwl fy mod yn mynd i deimlo fel corrach yn Swydd Efrog! Ond nid yw felly o gwbl; os rhywbeth mae pobl yn llai tal yn Beckley nag yng Nghaer-grawnt.) Yr oedd y ddau wrthi yn tocio rhododendron yn ymyl y glwyd o flaen eu tŷ pan aethom allan am dro ddiwrnod neu ddau ar ôl cyrraedd, ac fe'u cyflwynasant eu hunain. Yn ystod y pum munud y buom yn siarad â hwy y diwrnod hwnnw, cawsom wybod taw Edward Wilson oedd y cyfarwyddwr a oedd yn gyfrifol am Ogledd Lloegr yn y cwmni cyfrifiaduron y perthynai iddo.

Ni freuddwydiem, pan gyfarfuom â'r cymdogion hyn, y byddem yn cael ein llusgo i mewn i ddigofaint rhyngddynt.

Fe gawsom ni ein tŷ o ganlyniad i farwolaeth dynes a fuasai'n byw ynddo am gyfnod hir; mae'n amheus a fuasem yn gallu ei fforddio oni bai iddo gael ei esgeuluso yn ystod ei blynyddoedd olaf hi. Hanes adfydus oedd hanes Mrs Kennedy. Bu hi'n briod â chyfrifydd cefnog, ond fe adawodd ei gŵr hi pan oedd rywle tuag wyth a deugain mlwydd oed, a hithau heb alwedigaeth na chymwysterau arbennig. Ni ellir dweud ei bod wedi dioddef dygn dlodi, oherwydd fe etifeddodd ychydig o arian, a phan fu'r ysgariad rhyngddi hi a'i gŵr, fe gafodd hi'r tŷ y buasent yn byw ynddo. Eto i gyd, nid oedd ei hamgylchiadau yn gysurus o bell ffordd, ac o bryd i'w gilydd fe werthai gelfi neu baentiadau o'i chartref. Bedair neu bum mlynedd cyn ei marwolaeth, fe benderfynodd osod ar werth ddwy lain o dir a berthynai i ardd y tŷ. Yr oedd un o'r ddwy lain hyn rhwng ein tŷ ni a thŷ Clapton, ac arni gynt fe chwaraeid tennis (yr unig ran o'r ardd a fuasai yn wastad, yn ôl Rhys). Y llain arall oedd darn o dir ar waelod ein gardd a fuasai gynt yn berllan fach. Yn anffodus i Mrs Kennedy, nid oedd mynediad i'r lleiniau hyn ond drwy erddi tai a fodolai eisoes, ac nid oedd y tir o ddiddordeb i neb heblaw Wilson a Clapton. Mae'n debygol iddynt ddod i gytundeb i beidio â chynnig yn erbyn ei gilydd yn yr ocsiwn, ac felly fe werthwyd y tir am bris isel i Clapton. Wedi marw Mrs Kennedy, fe aeth yn ffrae wyllt rhyngddo ef a Wilson. Yn ôl Wilson, yr oedd Clapton wedi addo peidio â chodi tai ar y tir a brynasai. Yn ôl Clapton, yr oedd wedi addo peidio â 'datblygu' yn ystod oes Mrs Kennedy, ac yn sicr dyna'r unig amod a osodasid arno yn gyfreithiol ganddi hi pan werthwyd y tir iddo. Bellach fe ystyriai Clapton fod ganddo bob hawl i dynnu ei dŷ ei hun i lawr ac adeiladu hanner dwsin o dai llai yn ei ardd ac ar y tir a ychwanegwyd ati.

Buasem wedi hoffi cadw allan o'r ffrae, ond ni bu modd. Nid oedd neb wedi ein rhybuddio ynghylch cynlluniau Ernest Clapton cyn inni ein cael ein hunain yn ei chanol. A ninnau wedi cael prin chwe mis i ymsefydlu, fe alwodd aelod o gwmni o arwerthwyr i'n gweld. Gweithredai ar ran Mr Clapton, meddai, ac yr oedd am inni werthu darn o'n gardd i Clapton er mwyn iddo allu gwneud heol a roddai iddo well mynediad i'w dir. Ei dŷ ef oedd yr olaf yn yr heol, ac yr oedd ar hen dro cas iawn; bernid na fyddai yn hawdd iddo gael caniatâd i adeiladu hanner dwsin o dai heb sicrhau mynediad llai lletchwith na'r un a arweiniai eisoes at ei dŷ ef ei hun.

Yn amlwg, ni fu clywed hyn oll yn destun llawenydd i ni. Yr oeddem wedi dewis ein tŷ am ein bod yn hoffi tawelwch, ac oherwydd inni edmygu'r gerddi helaeth a'r coed aeddfed o'i amgylch. Fel yr oedd eisoes, ein gardd ni oedd y lleiaf yn y lôn; nid oeddwn wedi disgwyl y byddai neb yn awgrymu ei thocio er mwyn gwneud heol a oedd i redeg heibio i dalcen ein tŷ ac o fewn chwe throedfedd i'n cegin.

Bu Ernest Clapton yn anffodus yn ei asiant. Os gofynnwch i Rhys am gymwynas, bydd gwrthod yn anodd iddo; yr wyf wedi ei farnu droeon di-rif am gario cynifer o feichiau dibwys fel y bydd yn gorfod gorweithio er mwyn cael amser i wneud y math o waith ysgolheigaidd y mae'n ei hoffi. Fel rheol, hefyd, y mae'n ŵr digon hynaws. Ond os byddwch yn ei fygwth, bydd yn ffyrnigo'n frawychus. Pan ofynnais iddo unwaith a fedrai egluro paham, fe ddywedodd fod y fath adwaith yn arferol, ac erbyn hyn bron â bod yn reddfol, yn y cymoedd glo caled, a'i fod ef yn tybio mai felly y buasai'r cymunedau a oedd wedi gorfod ymgodymu â'r cyfalafwyr yno yn ceisio amddiffyn yr hyn a oedd yn weddill o'u hurddas a'u hunan-barch. Wedi amlinellu'r cynllun mewn tua deng munud, fe ddywedodd yr asiant wrtho, gan fy anwybyddu i yn llwyr: 'My advice to you is to agree as soon as possible. My firm is a large one, and we are very keen on this scheme. You will inevitably have to agree sooner or later, and you can save yourself and us a lot of unpleasantness if you are sensible now'. Pan glywais y geiriau hyn, gwyddwn fod unrhyw bosibilrwydd a fuasai gan yr arwerthwr cyn hynny o gael trafodaeth resymol wedi diflannu. Cododd Rhys yn araf, a'i wyneb fel y galchen. Arhosodd am hanner munud i feistroli ei dymer. Yna troes ei lygaid i gyfeiriad llygaid yr asiant a dweud yn dawel: 'It may well be that your side will win in the end, and that I shall be forced to yield. But, considering how I intend to fight this, I think there is a very good chance that I shall have the satisfaction of seeing you in your grave first'. Ac fe gododd ei fraich i ddangos iddo ymhle y lleolid y drws.

Ymhen awr, yr oedd braidd yn flin ei fod wedi dewis y geiriau a ddewisasai ('pendantrwydd di-alw-amdano', fel y'i galwai), ond yr oedd yr un mor benderfynol o ymladd. Fe'i cysurais drwy ddweud bod manteision i'r hyn a wnaethai. Fel rheol, pan fo Rhys yn gorfod gwrthod, mae mor flin ganddo fel y bydd yn ei fynegi ei hun â gormod o foneddigeiddrwydd a chydym-deimlad, gyda'r canlyniad fod rhai pobl yn gofyn eilwaith ac eto am yr un gymwynas. Teimlwn ei fod wedi gwneud yr hyn a allai i osgoi hynny y tro hwn! Ni wyddwn ar y pryd fod partner arall yn y cwmni arwerthwyr a gynrychiolai Clapton yn gyfaill i'r cyf-reithiwr a weithredai drosom ni pan brynasom y tŷ. Cawsom lythyr oddi wrth ein cyfreithiwr ymhen wythnos neu ddwy yn dweud fod y partner hwn yn flin os oedd ei gyd-weithiwr wedi rhoi'r argraff ei fod am fygwth Rhys (syniad na fuasai yn fwriad ganddo o gwbl!) ac yn gofyn a fyddem yn barod i ystyried cynnig ynglŷn â'r heol ped anfonid y cynnig ar ffurf llythyr gan y partner oedd yn gyfeillgar â'r cyfreithiwr. Cyngor y cyfreithiwr oedd inni gytuno. Yn 1974 y bu hyn. Atebodd Rhys mewn iaith ddigon syber yn egluro y buasai yn dodi unrhyw gynnig o'r fath mewn ffeil arbennig a'i ystyried ym mis Medi 1993, pryd y byddai yn ymddeol ac yn cael amser ar gyfer pethau o'r fath.

Yr wyf yn tueddu i gredu bellach fod hyn oll wedi bod yn drueni. Mae'n wir nad oeddwn am golli darn o'n gardd a bod cynllun Clapton, sef codi chwech o dai, yn annerbyniol. Ond ni fuasai codi dau dŷ ychwanegol ar y tir a berthynai iddo, gan gadw ei dŷ ei hun a chan ddefnyddio estyniad i'w fynediad ei hun, wedi bod yn afresymol. A phetasai ef yn bersonol wedi gofyn i Rhys beidio â gwrthwynebu hynny, yn lle anfon arwerthwr byrbwyll ato, mae'n annhebyg y buasai wedi gwrthod. Nid felly y bu. A bellach yr oeddem yn yr un cwch ag Edward Wilson.

VII

Wedi methu â chael ein cydsyniad i ddod â heol newydd drwy ein gardd, fe geisiodd Clapton ganiatâd yr awdurdod cynllunio i godi chwech o dai ar ei dir ef gan ddefnyddio'r mynediad a oedd ganddo eisoes, er bod hwnnw ar dro yn yr heol. Yn ôl y cwmni a'i cynrychiolai, byddai tynnu ei dŷ i lawr yn caniatáu iddo leoli'r heol newydd mewn modd a sicrhâi y byddai gyrwyr arni yn gallu gweld trafnidiaeth ar y tro yn Moss Lane yn hollol foddhaol. Dyna pryd y gwelsom Wilson yn ymosod ar y gelyn, a defnyddio ei ymadrodd ef ei hun.

Gwahoddodd y cymdogion i gyd (hynny yw, pawb oedd yn byw yn Moss Lane a phawb oedd yn byw yn y tai modern y tu ôl i'n gerddi ni) i gyfarfod yn ei dŷ ef, ac fe ddilynwyd y cyfarfod hwnnw gan ddau gyfarfod arall.

Fel rheol, fe fyddai Wilson yn foesgar ac yn bwyllog wrth drafod busnes. Byddai'n siarad Saesneg â'r math o acen a barai i Saeson eraill dybied ei fod yn ŵr o addysg, a byddai hyn a'i ddull awdurdodol a'r gofal a gymerai ynglŷn â'i ymarweddiad a'i ddillad, yn ddigon i gael pobl i gymryd yr hyn a ddywedai o ddifri.

Yr wyf yn credu taw yn y cyfarfodydd hyn y dechreuais astudio rôl yr acen yn y gymdeithas yr oeddwn yn byw ynddi, mater nad oeddwn wedi myfyrio arno ryw lawer yng Nghaer-grawnt, efallai am nad oedd fy ngafael ar Saesneg llafar yn ddigon da pan euthum yno i mi fedru gwahaniaethu rhwng gwahanol fathau o acen. Sylwais nad oedd cystrawennau Wilson ddim mor ddiogel â'i acen, a bod hyn i'w weld yn glir mewn llythyr a ddrafftiodd ar gyfer un o'r cyfarfodydd. Wedi hynny, pan gaem bwt o ymgom gydag ef a'i wraig, mi fyddwn i bob amser yn cyfeirio at ryw gyngerdd neu arddangosfa y buaswn i a Rhys wedi bod ynddo yn ddiweddar, er mwyn cael esgus i droi at fyd diwylliant. Ac yno, cefais nad oedd hyd yn oed yr enwau mwyaf amlwg ym myd awduron a chyfan-soddwyr ac arlunwyr yn golygu dim iddo, er bod ei wraig o leiaf wedi darllen ambell lyfr. Tua'r un adeg, daethom i adnabod gŵr eang iawn ei ddiwylliant a oedd yn llyfrwerthwr ac yn arweinydd côr yn un o drefi Swydd Efrog ac a siaradai ag acen leol. Gwelais hwn yn trafod rhai o'r gweithwyr lleol a ddaethai i wneud pethau yn ei dŷ, a bûm yn cymharu yr hyn a welais yno â'r hyn a welswn mewn sefyllfaoedd tebyg yn nhŷ neu yng ngardd Wilson. Ni ddywedaf fod Wilson yn cael mwy o barch na'r gŵr diwylliedig, oherwydd y mae mesur parch yn beth anodd, ond yn sicr fe gâi Wilson fwy o'r hyn a eilw'r Sais yn *deference*, peth sy'n dangos, mi dybiaf, fod pobl o hyd yn gwneud rhagdybiaethau ynghylch dosbarthiadau cymdeithasol yn Lloegr ar sail acen, a bod i'r rhagdybiaethau hyn gryn bwysigrwydd yn y gymdeithas Seisnig.

Nid ymddangosai i mi fod Wilson yn meddu ar feddwl chwim, ond daeth yn amlwg ar unwaith ei fod yn wirioneddol weithgar a bod ôl trylwyredd anarferol ar ei drefniadau. Pan aethom i'r cyfarfod cyntaf yn ei dŷ, cawsom ei fod eisoes yn gwybod pob dim am yr hyn a fu rhyngom ni ac arwerthwyr Clapton. ('A chap in my office knows a little bird in the agency. My intelligence is always good,' meddai â chryn foddhad.) Dadlennodd hefyd ei fod ef ei hun eisoes wedi ymweld â'r prif swyddogion yn adran gynllunio'r cyngor ac wedi sicrhau gwybodaeth fanwl o'r ffeithiau ac o'r rheolau priodol. Ac yr oedd ganddo restr o enwau'r cynghorwyr a oedd yn aelodau o'r pwyllgor cynllunio.

Cyhoeddodd ei fod yn bwriadu dilyn ei gynllun arferol, sef mabwysiadu method, gydag ychydig o newid, a ddysgodd yn y fyddin gan un o'i gyd-swyddogion. Tynnodd ddarn mawr o bapur o'i ddesg.

Ysgrifennodd arno y gair OBJECTIVE. Dan hwn cofnododd mai'r nod oedd sicrhau methiant cynlluniau Clapton. Pan oedd eisoes wedi gwneud hyn, dywedodd ei fod yn cymryd yn ganiataol na fuasai neb wedi dod i'r cyfarfod oni bai fod cais Clapton yn peri gofid iddo ac na fwriadai felly, fel cadeirydd, wastraffu amser ar drafodaeth gyffredinol; byddai yn mynd ymlaen at faterion ymarferol, hynny yw at y pennawd nesaf, sef dulliau posibl. Nid oedd neb wedi ei ethol yn gadeirydd, ond gan ei fod wedi gwahodd pawb i'w dŷ a chynnig sieri iddynt, mae'n debygol fod pawb yn teimlo taw anghwrteisi fyddai sylwi ar hyn. Pan wahoddodd ei 'gyfeillion a chymdogion' i awgrymu dulliau, cafwyd nifer o awgrymiadau. Ysgrifennodd ryw hanner dwsin o'r rhain ar ei bapur. Yna aeth ymlaen at y testun nesaf, sef y dulliau i'w dewis, ac yma copïodd dri o'r hanner dwsin a gofnododd eisoes, sef deiseb yn y gymdogaeth, llythyr mwy manwl gan y cymdogion agosaf, ac ymweliadau â'r cynghorwyr. Bu seibiant o bum munud a gwydraid arall o sieri i bawb cyn trafod yr eitem nesaf: pwy oedd i wneud beth. Yn y fan hon, rhoes ystyriaeth fanwl i enwau'r cyng-horwyr ar y pwyllgor, mynnodd fod pob un o'r cymdogion yn dweud wrtho pa gynghorwyr yr oeddynt yn eu hadnabod yn dda, a threfnodd pwy oedd i 'gael gair bach' â phob un. Yna trefnwyd i ddwy ddynes fynd â'r ddeiseb at drigolion y cylch.

Pan ddaethpwyd at y llythyr oddi wrth y cymdogion agos, cyhoeddodd ei fod eisoes wedi ei baratoi, fel y gallem ei arwyddo cyn ymadael. Mewn gwirionedd, yr oedd hwn yn llythyr eithaf rhesymol. Sail y gwrthwynebiad oedd mai lôn fach gul oedd Moss Lane; yr oedd llawer mwy o drafnidiaeth arni eisoes nag a ragwelid pan godwyd y tai presennol, a byddai ychwanegu at y drafnidiaeth yn beryglus. Awgrymais i y dylid ychwanegu paragraff yn ymwneud ag estheteg: yr oeddem yn byw yn un o'r ychydig ynysoedd o goed aeddfed yn y dre, ac ni ddylid ar unrhyw gyfrif eu distrywio. Cytunodd y cyfarfod, ac fe ofynnwyd i Rhys roi ffurf derfynol ar y llythyr. Gwelais fod hyn wedi synnu Wilson braidd, ond dywedodd y byddai'n dda ganddo dderbyn ewyllys y cyfarfod yn hyn o beth, ac fe gâi ei ysgrifenyddes ef deipio'r llythyr, petai Rhys yn ei roi iddo mewn diwrnod neu ddau, ac yna fe âi Kitty Wilson o amgylch i gasglu llofnod pob cymydog. Arhosai un mater eto, meddai Wilson, gan agor paragraff newydd ar ei bapur, sef penderfynu pwy oedd i ffonio pawb arall bob nos i ofyn sut yr oedd y gwaith yn mynd yn ei flaen, er mwyn sicrhau bod popeth yn cael ei wneud mewn pryd. Teimlai y gallai ef ymgymryd â'r gwaith hwn, a hyderai na fyddai neb yn gwrthwynebu. Credaf i'r rhan fwyaf gael eu synnu gymaint gan ei eiriau fel y cytunasant ar unwaith, rhag i neb arall orfod gwneud y fath waith.

Galwyd dau gyfarfod arall yn ddiweddarach i drafod gwybodaeth newydd a ddaethai i law ynghylch parodrwydd pobl mewn rhan arall o'r dre i ymuno â ni yn ein dymuniad i gadw'r coed; ond nid oeddynt yn bwysig iawn.

Methodd Clapton â chael caniatâd; bu'r cynghorwyr a'r swyddogion yn unfryd yn ei erbyn. Cyn diwedd yr helynt, yr oedd gan Rhys a minnau deimladau cymysg ynglŷn â'r hyn a ddigwyddasai. Drwy gydol yr amser, yr oedd Clapton a'i wraig wedi dal i'n cyfarch yn serchus pan welem un ohonynt yn y cyffiniau, ac un diwrnod fe ddaeth Audrey Clapton draw ataf pan oeddwn yn yr ardd i ddweud fod ei gŵr wedi gobeithio cadw materion personol a materion busnes ar wahân; dyna paham yr oedd wedi talu asiant i drafod cwestiwn yr heol gyda ni. Ni allem lai na theimlo y buasai wedi gwneud yn well o lawer i ddod atom ei hun. Ni fu ei sensitifrwydd o fudd iddo yn bersonol ychwaith. Cythruddwyd rhai o'r cymdogion gan ei gynlluniau ac ni fuont yn barod i anghofio nac i faddau; synnwyd fi gan mor filain oedd eu hymddygiad. Ymhen tair blynedd fe werthodd y Claptoniaid eu tŷ, ac fe gymerwyd eu lle gan Jim ac Ailsa Macdonald a'u plant.

VIII

Parhâi ein perthynas â'r Wilsoniaid yn sifil iawn ond heb ymylu ar gyfeillgarwch. Byddem yn gweld llai ohonynt yn ystod y gaeaf nag yn ystod yr haf, pan fyddent yn treulio tipyn o amser yn yr ardd, a chan fod Kitty Wilson yn garddio neu yn torheulo yn amlach na'i gŵr, ganddi hi yn bennaf, ac yn araf bach dros gyfnod o flynyddoedd, y cawsom ryw ychydig o wybodaeth amdanynt.

Yr oedd aelodau o'i theulu hi wedi bod yn arloeswyr ymhlith sefydlwyr melinau gwlân yn Swydd Efrog, ac yr oedd ei rhieni yn amlwg yn bobl gyfoethog. Pan aethom i Beckley gyntaf, yr oedd ei mam o hyd yn fyw, ac yn ymweld â Kitty o bryd i'w gilydd, er mai yn Henley, gyda'i mab a'i deulu, y cartrefai. Addysgwyd Kitty mewn ysgol breswyl yn ne Lloegr ac ym Mhrifysgol St Andrews.

Yr oedd Edward Wilson ryw ddeng mlynedd yn hŷn na'i wraig, ac felly yn hŷn na Rhys a minnau hefyd. Buasai ef mewn ysgol fonedd yn y Canolbarth, ac yr oedd yn hoff dros ben o gyfeirio ati. Am ryw reswm, yr oedd yn llai awyddus o lawer i fanylu ar ei addysg wedi hynny ('I had been trying this and that and had only just settled on engineering when I was called up during the war'). Ar ôl y rhyfel, ymunodd Major Wilson, fel yr oedd ar y pryd, â chwmni a gynhyrchai diliau ar gyfer siopau. Buasai yn ffodus iawn yn ei ddewis. Fe dyfodd y cwmni, gan symud ymlaen o'r math o dil a fuasai yn ddrâr syml i gadw arian ynddo at fath o dil a oedd hefyd yn beiriant cyfrif, ac oddi yno i faes y cyfrifiadur. Erbyn i Wilson gyrraedd y brig, daethai yn rhan o rwydwaith o gwmnïau yn Lloegr a'r Unol Daleithiau. Yr hyn a'm trawodd i, fel mathemat-egydd, oedd bod Wilson yn llwyddo i ddal ei swydd fel un o lywodraethwyr y busnes heb fod ganddo wyb-odaeth ddofn o'r egwyddorion y tu ôl i'r peiriannau a werthid. Pan fynnwn ei holi ynghylch manylion y gwahanol fodelau a gynhyrchai ei gwmnïau, âi i drafferth, ac yn y diwedd yr un fyddai ei ateb bob amser: 'I leave that sort of thing strictly to one of our technical wallahs. That's what I pay them for!'

Buom yn byw drws nesaf i'r Wilsoniaid am flynyddoedd cyn darganfod bod ganddynt ferch, a theulu o Gaer-grawnt y bu un o'u merched hwy yn yr un ysgol â Vanessa Wilson a roes yr wybodaeth inni! Ymddengys fod yr unig ferch hon wedi ffraeo â'i rhieni ac wedi ymadael am Awstralia ychydig wythnosau cyn i ni symud i Moss Lane. Ni fu cymodi tan ryw ddwy flynedd yn ôl, pan ddaeth Vanessa â'i gŵr Awstralaidd i ymweld â'i rhieni yn ystod eu gwyliau yn Ewrop. Hyd yn oed wedi hynny, ni fyddai'r Wilsoniaid yn sôn amdani yn ein presenoldeb ni, efallai am nad oeddynt bellach am esbonio paham na chlywsom amdani ynghynt. Ond, a dweud y gwir, nid yw'n rhyfedd nad oeddem yn gwybod llawer am ein cymdogion agosaf; os ystyriwch y math o gyfathrachu a fu rhyngom, y syndod yw ein bod yn gwybod cymaint.

Ar wahân i gyfarfodydd cyhoeddus seciwlar neu grefyddol, tuedda ein bywyd cymdeithasol i ymrannu yn ddau brif fath. Weithiau byddwn yn cael ein gwahodd i bryd o fwyd sylweddol gan rai o'n ffrindiau ac yn ein cael ein hunain mewn cwmni o chwech neu wyth. Mewn cyfarfod o'r fath byddwn yn dod i adnabod pobl yn weddol, a byddwn yn eu gwahodd i rywbeth tebyg yn ein tŷ ni os ydym yn teimlo ein bod yn debygol o ffurfio cwmni hapus gyda'n gilydd. Bydd Rhys yn hoff iawn o'r math hwn o gyfarfod a'r ymgomio sy'n perthyn iddo, ac yr wyf fi wrth fy modd yn paratoi pryd o fwyd Eidalaidd i chwech neu wyth o bobl. O bryd i'w gilydd cawn wahoddiad i fath arall o wledd, lle y byddwn ymhlith dwsin neu ugain neu fwy o bobl. Mewn cynulliad o'r fath, caf fod cael sgwrs foddhaol yn fwy anodd, efallai am fod pobl yn fwy symudol, efallai am fod y sŵn yn peri bod dilyn sgwrs yn Saesneg yn anodd i mi. I'r math hwn o barti y caem wahoddiad, ryw unwaith bob dwy flynedd, gan y Wilsoniaid. Ar yr achlysuron hyn ni ddeuem i adnabod y Wilsoniaid yn well, gan eu bod hwy yn rhy brysur yn trefnu'r *buffet* neu yn cario potel o un grŵp i'r llall i aros yn hir yn unman.

Serch hynny, mewn un o'r cynulliadau hyn, buom yn yr un grŵp ag Edward Wilson yn ddigon hir i'w glywed yn rhoi ei fersiwn ef o'r 'frwydr' yn erbyn Ernest Clapton, a hynny ryw bum mlynedd wedi i'r Claptoniaid symud o'r gymdogaeth. Dadlennodd ei fod wedi cael gwybodaeth yn ystod yr helynt a ddangosai fod busnes adeiladu Clapton mewn trafferth ariannol ar y pryd ac mai un o nifer o ymdrechion i wella pethau oedd y cais a wnaeth am ganiatâd i godi tai yn ein cymdogaeth ni ar dir a berthynai iddo eisoes. Oddi ar hynny, meddai, yr oedd Clapton wedi cael gwell lwc, ac yr oedd y rhyferthwy drosodd, *gwaetha'r modd*. Yr oedd Wilson wedi gobeithio, meddai, y buasai Clapton wedi dechrau cyfreitha yn ei erbyn. Wedyn fe fuasai wedi gallu ei wasgu yn galetach 'and that might have been just enough to finish him off'. Ond yr oedd wedi cael cyngor cyfreithiol nad oedd dim modd pryfocio Clapton i wneud hynny heb iddo ef, Wilson, gyflawni rhyw drosedd, ac yn naturiol ni ddymunasai wneud dim a allasai beri iddo golli. Fe dorrodd Rhys i mewn i'w stori yma i ddweud na wyddem ni ddim am drafferthion Clapton, ac mai ein hunig reswm ni dros wrthwynebu ei gais oedd ein bod am ddal i fyw mewn lle tawel a hyfryd. Pe buasai wedi deall fod Clapton mewn cymaint trafferth, ychwanegodd, fe fuasai wedi ceisio ei ddarbwyllo i ddod i ryw gyfaddawd er mwyn ei helpu. Daeth gwên fach ddirmygus i wyneb Wilson. 'That's exactly why we must never leave decisions to academics,' meddai. Ac fe symudodd ymlaen at y grŵp nesaf, a'i botel yn ei law.

Bu'n agos i mi golli fy nhymer ddigon i'w ddilyn a mynnu dweud fy marn: yr oedd ei sylw wedi bradychu drygioni yn ogystal â chyffredinoli dwl. Ond penderfynais ymatal. Erbyn hyn, yr oeddwn eisoes wedi dod yn gyfarwydd ag un o'i ddulliau o ymgomio. Os oedd am wneud sylw cas, byddai yn ei wneud â gwên fach. Os na heriech yr hyn a ddywedai, byddai yn mynd yn ei flaen fel petasech wedi cytuno. Ar y llaw arall, os byddech yn gwrthwynebu, byddai yn dweud taw jôc amlwg oedd yr hyn a ddywedodd a'ch bod yn ddiffygiol mewn hiwmor i beidio â gweld hynny. Mor aml y bydd dynion nad oes ganddynt ddigon o arabedd i wneud sylw gwirioneddol ddoniol yn cyhuddo pobl eraill, yn enwedig gwragedd, o fod yn ddiffygiol mewn hiwmor! Anwiredd, wrth gwrs, fyddai'r esgus; y sylw bach cas a wnaethai yn y lle cyntaf fyddai yn cynrychioli ei farn neu ei deimladau dilys.

Am eiliad teimlais y gallwn fod wedi ei drywanu.

IX

Yn yr wythdegau fe ddringodd pris tir yn frawychus o uchel unwaith eto, ac yn ein cymdogaeth ni clywsom am enghreifftiau o ymgyfoethogi a fuasai hyd yn oed yn fwy rhyfedd na'r rhai a ddigwyddasai ddegawd ynghynt. Un noswaith fe ymwelodd Edward Wilson a Jim Macdonald â ni er mwyn ein gwahodd i ymuno â hwy mewn datblygiad newydd. Y tro hwn eto fe ofynnid inni ganiatáu defnyddio'r mynediad i'n tir ni fel mynediad i heol newydd, ond y tro hwn ni fwriedid dod â'r heol honno mor agos at dalcen ein tŷ ni; byddai yn ymrannu bron ar unwaith, ac un lôn fach yn dod tuag at ein modurdy ni a'r llall (ar gyfer tai newydd) yn mynd drwy'r llain o dir rhwng ein gardd ni a gardd Macdonald a werthwyd gynt gan Mrs Kennedy. Gan fod Wilson yn barod i gyfrannu rhan o'i ardd ef, sef y rhan ar y gwaelod a oedd yn cyfateb i'r berllan fach honno ar waelod ein gardd ni ac a oedd erbyn hyn yn eiddo i deulu Macdonald, byddai mwy o dir ar gael nag yn 1974-5.

Pan oedd Wilson a Macdonald wedi gorffen egluro eu cynllun, fe atebodd Rhys na welai sut y gallem gytuno, am ein bod unwaith wedi arwyddo llythyr a ddywedai mai peth peryglus fyddai ychwanegu at y drafnidiaeth yn Moss Lane. Yr oedd Wilson yn barod â'i ateb: yr oedd eisoes wedi gwneud ymholiadau, meddai, ac nid oedd neb ar ôl o'r pwyllgor nac o'r tîm swyddogion a fuasai yn trafod cais Clapton ddeuddeng mlynedd ynghynt. Mynnai Rhys na wnâi hynny ddim gwahaniaeth i'r ffaith ei fod ef ac eraill, a Wilson yn eu mysg, wedi defnyddio'r ddadl drafnidiaeth.

Edrychodd Wilson arno fel petai'n fyfyriwr arbennig o dwp.

'The objective at the head of our paper then,' meddai, 'was to get Clapton's application rejected.

Now it is to get our scheme accepted. Obviously, if the objective is different, the means may have to be different.'

Cythruddwyd Rhys gan y driniaeth hon. Ni allai dderbyn dadl o'r fath, meddai, ac ni fynnai gytuno. Am eiliad ofnais ei fod ar fin cynddeiriogi, ond fe dorrwyd y ddadl gan Jim Macdonald. Yr oedd yn deall gwrthwynebiad Rhys, meddai, er nad oedd yn meddwl y byddai'r drafnidiaeth yn broblem ddifrifol pe ceid mynediad gwell na'r un a awgrymwyd gan Clapton. Sut bynnag, nid oedd ef yn teimlo iddo ef gael ei rwymo mewn unrhyw fodd gan y dadleuon a ddefnyddiwyd gan eraill yn 1875. Yr oedd yn amlwg taw yn 1975 a olygai, ond fe barodd y camsyniad beth chwerthin, serch hynny, ac mae'n debygol mai un bwriadol oedd. Fe ychwanegodd nad oedd sôn yn y cynlluniau newydd am dynnu ei dŷ ef i lawr nac am ddistrywio dim byd Fictoraidd. Mewn ffaith, byddai yn dal i fyw yn ei dŷ, ac yr oedd hyn yn brawf na fyddai o blaid caniatáu adeiladu dim a fyddai yn annheilwng o'r gymdogaeth. Ar y llaw arall, os na fynnem ymuno, byddai ef a Wilson yn dal i chwilio am ryw ffordd arall o ddatrys problem y mynediad ac yn symud ymlaen heb ein cydweithrediad.

Ac felly y bu. Ymhen blwyddyn clywsom fod Wilson wedi darbwyllo John Sercombe, y cymydog oedd yn byw yr ochr draw iddo, i ymuno ag ef a Macdonald. Byddai'r cymydog hwn yn cyfrannu darn pellach o waelod ei ardd. Yn bwysicach na hynny, byddai ef a Wilson yn colli llain o'u gerddi lle yr ymylent ar ei gilydd er mwyn caniatáu i heol redeg rhwng y ddau dŷ a rôi fynediad i'w tir hwy a thir Macdonald.

Fel y dywedasai Macdonald, yr oedd tipyn mwy o dir ar gael ar gyfer adeiladu y tro hwn, ac ni fwriedid distrywio un o'r tai presennol. Pan welsom y cynlluniau, yr oedd yn rhaid i ni gyfaddef nad oedd dim arswydus ynddynt; er hynny, tybiai Rhys y gellid eu gwella ychydig, ac fe aeth i weld Jim Macdonald. Wedi ei ymyrraeth, newidiwyd y cynllun eto, gan dorri nifer y tai o chwech i bump, ar yr amod nad oeddem i wrthwynebu ymhellach. Cytunasom. Nid oedd fawr o obaith i wrthwynebiad lwyddo mwyach: yr oedd digonedd o le i bump o dai dymunol, ac yr oedd yr heol newydd yn ddigon pell o'r tro cas i fod yn gymeradwy. Yr oedd yn flin iawn gennym fod un o'r tai i fod ar yr hyn a fuasai unwaith yn berllan fach ynghlwm wrth ein gardd, ond . . . *Pazienza!* . . . Nid oedd dim pellach y gallem ei wneud.

Gwerthodd Wilson, Sercombe a Macdonald eu tir 'gyda chaniatâd i ddatblygu' i adeiladydd am bris uchel yn 1988. Dechreuwyd codi'r tai yn 1989. Gwerthwyd un o'r tai cyn eu gorffen yn 1990. Gwerthwyd dau arall yn 1991. Ond erbyn hynny, yr oedd y sefyllfa economaidd wedi newid, a bu raid gostwng y pris. Yn 1992 aeth yr adeiladydd yn fethdalwr. Mae dau o'r tai yn wag o hyd.

Ymddeolodd Wilson yn 1990, a dechreuodd ymddangos yn amlach yn ei ardd wedi hynny. Pan gaem ryw bwt o ymgom, byddai yn hoff iawn o gyfeirio at y tai newydd oedd yn cael eu codi o'n hamgylch ac o'i longyfarch ei hun ar ei ddoethineb yn dewis y 'foment berffaith' i werthu yn 1988 ('a nice easy way to earn sixty thousand!'). Ychwanegai ei fod bellach yn aros i brisiau gyrraedd pwynt gwirioneddol isel cyn prynu ail dŷ yng Ngogledd Cymru ar gyfer gwyliau ac ambell benwythnos.

X

Soniais yn gynharach am sawl peth a rydd ysgytwad i Eidalwr os bydd yn gorfod treulio tipyn o amser yn Lloegr. Yn ôl Rhys, un peth yn yr Eidal sy'n cadw i roi ysgytwad ar ôl ysgytwad i Gymro yw'r bysiau.

Os mentrwch i mewn i un o'r bysiau oren, llydan a welwch ar strydoedd Rhufain, fe gewch fod mwy o gyfle i sefyll, a llai o gyfle i eistedd, nag a geir mewn bws yma. Un sêt yn unig, nid pâr o seti, sydd ar un ochr i'r ale. Ar yr ochr arall, lleolir ambell bâr o seti. Ond ar yr ochr honno ceir tri phâr o ddrysau dwbl y bydd y teithwyr yn dod i mewn neu yn mynd allan drwyddynt: un yn agos at y cefn, un yn y canol, ac un yn y rhan flaen yn ymyl y gyrrwr. A bydd hyn yn amlwg yn cyfyngu ar nifer y seti y gellir eu lleoli ar yr ochr honno. Ychydig o seti, felly, ond digonedd o ofod yn yr ale. Yn wir, nid yw'n debyg i ale; mae'n debycach i wagle mawr, neu i grombil rhyw anghenfil, brawd efallai i'r behemoth sy'n odli â Woolwo'th yn un o gerddi Gwyn Thomas. Nid yw yn wagle, wrth gwrs, ond pan fo'r bws yn segur; pan fydd wrth ei waith, fe ddeil nifer anhygoel o deithwyr. Gan fod y gyrrwr yn brysur ym mhen blaen y bws yn gwau ei ffordd drwy drafnidiaeth Rhufain, a'r teithwyr yn dod i mewn drwy'r drysau dwbl yn agos at y cefn, nid oes neb i warafun i deithwyr ychwanegol ymdreiddio i'r dorf y tu mewn os gallant. A'r unig brofiad tebyg i'r wasgfa a geir yng nghylla'r behemoth yn ystod yr oriau brig yw'r wasgfa waethaf y buoch erioed ynddi yn y tiwb yn Llundain.

Un prynhawn poeth yn haf 1989 yr oeddwn i a Rhys yn dychwelyd yn un o'r bysiau hyn, y 56, o ganol Rhufain i'r gymdogaeth yng ngogledd y ddinas lle y byddai Mam yn arfer byw. Yn wyrthiol, cefais i un o'r seti yn y rhes yng nghefn y bws yn fuan wedi i ni ymwthio i mewn yn Largo Chigi, ond yr oedd Rhys yn sefyll, heb i'w draed gyffwrdd â'r llawr, yn ôl ei fersiwn ef o'r hanes.

Mae'r sefyllfa wleidyddol yn yr Eidal o ddiddordeb mawr i Rhys. Wrth i'r bws fynd heibio i Lysgenhadaeth yr Unol Daleithiau ym mhen uchaf Via Veneto, sylwodd fod y *carabinieri* y tu allan i'r llysgenhadaeth yn fwy niferus nag arfer. Pan droes y bws o Via Veneto i Via Boncompagni, ceisiodd weld beth oedd yn digwydd. Ond yr oedd cynifer o gyrff o'i amgylch yn y wasgfa fel na lwyddodd i blygu ei ben yn ddigon isel na throi ei gorff yn ddigon pell i gael edrych drwy'r ffenestr, a chlywais ef yn dechrau rhegi yn dawel yn Gymraeg.

Yn ffodus, aeth torf allan o'r bws yn Piazza Fiume ac yn eu plith ferch a eisteddai yn fy ymyl i yn y rhes gefn. Llwyddodd Rhys i gyrraedd y sêt wag cyn i dorf arall ddringo i mewn. Nid cynt yr eisteddodd nag y daeth lleian enfawr i sefyll o'i flaen. Pan symudodd y bws, fe gwympodd hon yn drwm ar arffed Rhys, gan ymesgusodi mewn Almaeneg. O fewn pum munud yr oedd wedi gwneud yr un peth deirgwaith, a'r trydydd tro fe drawyd Rhys yn galed yn uchel yn ei stumog gan ben ôl y lleian cyn iddi lithro i lawr unwaith eto i'w arffed. Penderfynodd ef nad oedd dim amdani ond ymbil ar y lleian i gymryd ei sedd. Cyn gwneud hynny, dywedodd ychydig eiriau wrtho'i hun yn Gymraeg: 'Os oes rhaid imi gael merch ar fy nglin am fod y bws yn llawn, popeth yn iawn; ond mae lleian o Almaenes ugain-stôn yn neidio lan a lawr yn ddigon i dorri'r bws a'r sêt a minnau yn rhacs jibidêrs.' Yna, fel petai'r *crescendo* yn ei lais tua diwedd y frawddeg wedi rhoi ychydig o ryddhad iddo, cododd a chynnig ei sedd yn foesgar i'r lleian. Ond yr oedd hi eisoes ar ei ffordd allan wedi siwrne fer iawn, a gallwn weld lleianod eraill y tu allan i'r bws yn aros i'w chroesawu. Tynnwyd fy sylw i yn ôl i'r tu mewn gan y ddynes a eisteddai ar yr ochr arall imi. Yr oedd hi wedi chwerthin yn aflywodraethus pan glywodd Rhys yn grwgnach ar ddiwedd perfformiad olaf y lleian. A dyma hi yn awr yn edrych arnaf yn syn ac yn gweiddi: 'Silvana!'

Dyna sut y cyfarfûm unwaith eto â'm hen ffrind Máire. Fel y dywedodd, nid oedd wedi deall cwynion Rhys, ond yr oedd ganddi ddigon o ddiddordeb mewn pethau Celtaidd i wybod mai Cymraeg a siaradai y tro cyntaf y clywodd ef yn rhegi. Wedi hynny, bu yn ei wylio, ac yn ôl ei thystiolaeth hi, nid heb ddifyrrwch.

Ac yn y diwedd yr oedd wedi sylweddoli pwy oeddem.

Er ein bod wedi bod yn anfon cardiau at ein gilydd bob Nadolig, ni fuasai unrhyw gysylltiad arall rhyngof fi a Máire ers chwarter canrif a mwy, ac mae'n rhaid imi ddweud mai prin y buaswn wedi ei hadnabod oni bai iddi fy ngalw wrth fy enw ac imi glywed ei llais hyfryd.

Daethai ar ei gwyliau gyda gwragedd eraill o Ddulyn. Collasai ei gŵr ym mis Ionawr, ac yr oedd cyfnither iddi wedi ei darbwyllo y gwnâi les iddi adael Iwerddon am dair wythnos ym mis Awst ac ymweld â'r Eidal am y tro cyntaf ers deng mlynedd ar hugain. Yr oedd yn mwynhau Rhufain er gwaethaf y gwres, meddai, ac yr oedd wedi bwriadu ffonio fflat fy mam i weld a oedd rhywun yno. Ni wn a oedd hyn yn wir neu beidio. Efallai na chofiai, neu efallai na wyddai, ein bod ni bob blwyddyn yn gwneud ein gorau glas i beidio â bod yn Rhufain ym mis Awst, pan fydd cynifer o'r preswylwyr yn gadael y ddinas oherwydd y myllni, a phan fydd y rhan fwyaf o'r siopau yn ein cymdogaeth ni ynghau. Yr oeddem yno yn 1989 am un rheswm yn unig nid oedd Mam yn teimlo yn ddigon cryf i deithio i unman. Bu farw yn 1990.

Yr oedd gan Máire dridiau eto yn Rhufain cyn i'r cwmni symud ymlaen i orffwys ychydig ar lan y môr yn Positano cyn troi tuag adref, ac yn ystod y dyddiau hynny fe gawsom oriau difyr gyda'n gilydd. Dyna pryd y clywsom fod Declan, unig blentyn Máire, a oedd newydd raddio yn Nulyn, am ddod i Loegr i chwilio am waith, ac nad oedd Máire ddim yn hollol dawel ei meddwl ynglŷn â hyn, am nad oedd ganddi berthnasau yn y dinasoedd lle y dymunai ef fynd i chwilio.

Wedi ymgynghori â Rhys, fe gynigiais le iddo yn ein tŷ ni. Dywedais wrth Máire fod croeso iddo ddod atom ni am fis neu ddau. Gallai deithio i Lundain, Lerpwl a Manceinion, gan edrych ar ein cartref ni fel lle i aros ynddo rhwng y teithiau, rhyw fath o bencadlys.

Ymddangosai Máire wrth ei bodd, a buom yn disgwyl y byddai Declan yn cyrraedd yn hydref 1989. Ond ni ddaeth; cawsom lythyr oddi wrth ei fam yn egluro ei fod wedi cael swydd yn Nulyn, ac er mai swydd dros dro ydoedd, gobeithiai gael rhywbeth gwell yno yn nes ymlaen.

Pan ddaeth llythyr arall oddi wrth Máire, gyda cherdyn Nadolig 1992, yn dweud fod Declan allan o waith ac unwaith eto am ddod i Loegr, ymddangosai yn naturiol inni adnewyddu'r gwahoddiad gyda'r troad. Y tro hwn, fe'i derbyniwyd gyda diolch, mewn llythyr byr mewn llawysgrifen italig hardd iawn, gan y mab ei hun.

XI

Llanc tal, cyhyrog, cryf yr olwg oedd Declan. Yr oedd ei wallt cochlyd a'i groen glân a rhywbeth yn siâp ei wefusau yn ein hatgoffa o harddwch ei fam yn ei hieuenctid, ond ar yr un pryd teimlem fod rhyw elfen glogyrnaidd yn ei symudiadau a rhyw letchwithdod yn ei osgo a'i gwnâi yn gwbl annhebyg iddi hi.

Yr argraff gyntaf a gefais o'i gymeriad oedd ei fod yn foneddigaidd ond yn swil. Yr oeddem wedi rhoi ystafell fawr iddo ar y llofft uchaf a dweud wrtho am edrych arni fel ei ffau ef ei hun. Ond yr oeddem hefyd wedi dweud wrtho fod croeso iddo ymuno â ni pan fyddem yn y lolfa. Yn anaml iawn y gwnâi hynny. Ar ôl tair neu bedair wythnos (hynny yw, tua diwedd Ionawr), mi ddechreuais deimlo ei fod nid yn gymaint yn swil ag yn dawedog; ni allwn lai na phrofi tipyn bach o siom. Dywedais wrthyf fy hun fod hyn yn gwbl afresymol. A oeddwn wedi meddwl y byddai yn siarad â ni am ei gynlluniau a'i obeithion? A oeddwn, yn anymwybodol, yn chwilio am rywun i gymryd lle'r plentyn nas cawsom? Chwarddais am fy mhen fy hun am gofleidio'r fath ddamcaniaeth. Nid wyf yn un o'r Eidalwyr hynny sy'n ffoli ar blant, a gwyddwn yn iawn, petaswn wedi cael plant, na fuasent o angenrheidrwydd yn byw gartref erbyn hyn nac yn ymddiried eu cyfrinachau i'w rhieni; yr oedd yn debygol y buasent wedi mynnu fflat yn rhywle lle na fyddem yn ddigon agos atynt i beryglu eu han-nibyniaeth. Ac efallai nad oedd Declan ddim am aflonyddu ar Rhys. Bydd Rhys weithiau yn gweithio wrth ei ddesg yn ei stydi; bryd arall bydd yn darllen rhyw lyfr ysgafnach na'i gilydd yn y lolfa. Ni fyddai Declan yn ymuno â ni yno ond pan fyddem yn gwylio'r teledu. A chan fod y ddau ohonom yn hoff o ddarllen, anaml y byddem yn gwylio oddieithr er mwyn gweld y newyddion ar ôl swper.

Po fwyaf y rhesymwn ynghylch Declan, wrth gwrs, gorau oll y gwelwn ein bod yn lwcus ei fod mor hunanddigonol. Medrai goginio yn dda, ac yr oedd hyn yn beth cyfleus iawn, ac ystyried ei fod yn treulio llawer o'i amser allan ac yn aml yn cyrraedd yn ôl o ddinasoedd eraill ar amserau pan na fyddem ni ddim yn debyg o fod wrth y ford. Weithiau dywedai ei fod yn mynd i Lerpwl neu Lundain, a diflannai am ddau neu dri diwrnod. Fe synnwn i braidd fod bachgen a oedd yn ddeallus ac wedi graddio mewn Peirianneg yn cael cymaint o drafferth wrth geisio dod o hyd i swydd. Onid yw'r llywodraeth yn pregethu byth a hefyd fod prinder yn y maes hwn ac yn rhyw led-awgrymu bod ein haddysgwyr wedi bod yn euog o beidio â gwthio mwy o bobl ifainc i mewn iddo? Ond dywedai Rhys nad oeddwn i ddim yn sylweddoli mor ddifrifol oedd y dirwasgiad.

Fel y dywedais, yr oeddem wedi rhoi ystafell ar y llawr uchaf i Declan. Mae'r ystafell hon yn gyfleus iawn i westeion am fod ystafell ymolchi yn ei hymyl. Nid ydynt felly yn teimlo eu bod yn poeni Rhys a minnau, gan mai ar y llawr canol y byddwn ni yn cysgu a bod gennym ni ein cyfleusterau ymolchi yno. O bryd i'w gilydd, fe fyddai Declan yn benthyca fy Hoover i lanhau ei ystafell ef a defnyddiau ar gyfer glanhau'r ystafell ymolchi. Yng nghanol mis Chwefror eleni, a Declan wedi mynd i Lerpwl 'am ddiwrnod neu ddau', ni allwn lai na theimlo ychydig o chwilfrydedd ynglŷn â'r glanhau hwn, ac euthum i fyny i'r llawr uchaf. Gwelais ar unwaith fod yr ystafell ymolchi yn hynod o lân. Ond yr oedd yr ystafell wely ar glo. Yr oeddwn wedi rhoi allwedd i Declan; eto cefais fy mod yn synnu ei fod wedi ei defnyddio!

Mewn pum munud yr oeddwn wedi dod o hyd i'r allwedd sbâr ac wedi mynd i mewn. Gollyngdod! Nid oedd yr ystafell wely yn llai glân na'r ystafell ymolchi, nid oedd dim wedi ei dorri, ac yr oedd popeth yn hynod o drefnus. Oni bai nad oedd e ddim wedi tannu'r gwely y bore hwnnw, temtid dyn i ddweud fod Declan yn haeddu deg allan o ddeg, a rhaid imi ddweud nad oeddwn wedi disgwyl y fath drefnusrwydd mewn gŵr ifanc tua phump ar hugain oed. Am funud bûm ar fin tannu ei wely iddo; yna meddyliais na fyddai efallai yn hoffi fy mod yn gwybod nad oedd ef ei hun wedi ei dannu y bore hwnnw. Yr oeddwn ar y ffordd allan pan glywais ryw dician, fel sŵn cloc, ond ni allwn weld cloc. Ar ôl edrych o amgylch ddwywaith neu dair, sylweddolais fod y sŵn fel petai yn y gwely . . . neu o dan y gwely.

Penliniais, plygais, gwelais. Yr *oedd* cloc yno . . . ymhlith pethau eraill. Edrychais eto. Am eiliad meddyliais fod Declan wedi penderfynu ein chwythu ni a'n tŷ i ebargofiant tra ymwelai ef â Lerpwl (os Lerpwl hefyd; efallai ei fod eisoes ar ei ffordd i Iwerddon!). Teimlais ryw gymysgedd o rewi a chwysu yr un pryd . . . cyn imi sylweddoli nad oedd y cloc ddim wedi ei gysylltu â'r semtecs a'r ffrwydrydd.

Nid oedd amheuaeth beth ydoedd; yr oedd yn hollol yr un fath â'r bom a ddisgrifid mewn stori yr oeddwn newydd ei chyfieithu o'r Saesneg i'r Eidaleg. A phetasai Declan wedi gadael y cloc ar y ford fach wrth erchwyn y gwely, ni fuaswn wedi breuddwydio am edrych oddi tanodd! Ond yr oedd trefnusrwydd yn amlwg yn obsesiwn ganddo, a bu raid iddo felly gadw'r rhannau o'r bom i gyd gyda'i gilydd, yn drefnus, o'r golwg, dan y gwely.

XII

Yr oedd Rhys yn y Brifysgol. Bûm bron â'i ffonio. Oedais: gwyddwn y byddai'r newydd yn ei siomi yn arw. Mae gan Rhys argyhoeddiadau cryfion, ac un o'r cadarnaf yw mai'r unig ffordd gymeradwy o fynnu rhywbeth mewn gwlad gymharol ddemocrataidd yw darbwyllo eich cyd-ddinasyddion neu gyd-wladwyr i gytuno â chi; mae'n casáu trais fel cyfrwng politicaidd. A dyma'r crwt yr oedd wedi ei groesawu i'w gartref yn defnyddio ei dŷ i gadw ac i ddosbarthu, ac yn ôl pob tebyg i gynhyrchu, taclau trais. Ac fel rhai aelodau eraill o gymdeithas y cymoedd glo, fe all Rhys fod yn wyllt ei dymer weithiau. Teimlais ofn, ni wyddwn ofn beth, ond gwyddwn taw fi oedd yn gyfrifol am bresenoldeb mab Máire yn Moss Lane. Euthum i'r gegin a gwneud cwpaned o goffi.

Yno penderfynais. Pan ddeuai Declan yn ôl, fe ddywedwn wrtho am fynd. Ac os derbyniai'r cyngor ar unwaith, ni ddywedwn ddim wrth Rhys nes ei fod wedi ymadael. Erbyn meddwl, yr oedd rhesymau da dros beidio â dweud wrtho ar y pryd, heblaw am ofni'r hyn y gallai ei ddweud wrth Declan neu Máire. Yr oedd digon o ofid arno eisoes; yr oedd ei frawd-yng-nghyfraith, gŵr ei chwaer, newydd gael trawiad ar y galon ac yn ddifrifol wael.

Trwy drugaredd, fe ddaeth Declan yn ôl am un ar ddeg drannoeth. Aethai Rhys allan yn gynnar y bore hwnnw i ddal trên i Lundain, er mwyn cael diwrnod o ddarllen yn y Llyfrgell Brydeinig, ac yr oeddwn i wedi cael digon o gyfle i baratoi fy nadleuon, ond heb gael gormod o amser i bendroni. Mae un peth rhyfedd ynglŷn â'r dadleuon hynny. Mewn sefyllfaoedd dramatig eraill y bûm ynddynt yn fy mywyd, gallaf gofio'r union eiriau. Pan feddyliaf yn awr am y sgwrs a gefais gyda Declan, nid wyf yn sicr ai'r geiriau a ddywedais y bore hwnnw ynteu'r geiriau a baratoaswn y diwrnod cynt sy'n dod i'm cof i wisgo'r syniadau. Ond gallaf gofio'r penawdau, fel petai, yn hollol glir, a'r rheswm am hynny yw fod yr ymgom wedi dilyn cwrs rhyfeddol o resymol, ac eithrio yn ystod y munudau cyntaf, pan gafodd Declan dipyn o ysgytiad. Syndod oedd gweld mor wrthrychol, amhersonol bron, y llwyddai ef i fod erbyn diwedd y trafod.

Dechreuais drwy ddweud yn blwmp ac yn blaen fy mod wedi dod o hyd i fom yn ei ystafell a bod yn rhaid iddo fynd. Fel y disgwyliwn, atebodd nad oedd gennyf hawl i chwilmentan ymhlith ei bethau ef. Esboniais fy mod wedi chwilio dan ei wely oherwydd fy mod wedi clywed cloc, a chyn iddo gael cyfle i ddweud dim arall, ychwanegais fod llawer llai o hawl ganddo ef i ddod â defnyddiau trais i'r tŷ nag oedd gennyf fi i fod yn ochelgar yn fy nghartref fy hun. Onid oedd yn sylweddoli mor anghyfrifol oedd yr hyn a wnaeth? Gallai dyn cwbl ddiniwed fel Rhys gael mynd i'r carchar am fod pethau o'r fath yn ei dŷ. Dim perygl, atebodd. Ni fuasai neb yn amau Rhys; dyna paham yr oedd y corff y perthynai iddo wedi gofyn iddo gadw'r 'stwff' o bryd i'w gilydd. Gofynnais ai'r IRA oedd y 'corff' hwn. Gwadodd hynny. Mynnai taw mudiad arall ydoedd ac nad oedd ganddo hawl i ddweud pa un; byddai hynny yn peryglu rhyddid aelodau eraill. Pan glywais hyn, meddyliais am eiliad fy mod i efallai mewn perygl oherwydd fy mod yn gwybod am ei gysylltiad ef â'r mudiad. Eglurais nad oeddwn wedi dweud gair wrth Rhys ac nad oeddwn am iddo wybod dim am y fusnes; fel yna, gallai ef o leiaf barhau i fod yn gwbl ddieuog. A dywedais nad oeddwn wedi galw'r heddlu oherwydd nad oeddwn am ofidio ei fam, a oedd yn annwyl iawn i mi. Gwelais ar unwaith fy mod wedi cyffwrdd â man gwan; yr oedd yn ollyngdod mawr iddo wybod nad oeddwn eisoes wedi siarad â Máire, ac yr oedd yn barod i wneud unrhyw beth er mwyn cadw hanes ei weithredoedd rhag dod i'w chlustiau. Gwelais fy nghyfle i ddychwelyd at fy neges wreiddiol. Ni fuaswn yn dweud dim wrth neb ar un amod, sef ei fod i adael ein tŷ ni cyn pen teirawr. Ychwanegais gyngor: dylai fynd adref cyn dwyn gwaradwydd ar ei fam.

Bu'n dawel am ennyd. Ni fyddai mynd adref yn anodd, meddai, gan ei fod newydd gael cynnig swydd yn Nulyn a bod y mudiad y perthynai iddo wedi ei hysbysu bod yr arweinwyr am iddo fynd yn ôl i Iwerddon cyn i neb ddechrau ei amau. Eto i gyd, teimlai y dylai aros am ddiwrnod neu ddau er mwyn cael gwared ar 'y bom olaf', fel y'i galwai. Pa sawl un a fu yn ein llofft uchaf, tybed? Teimlwn fel pe bawn wedi gweld yr haul am funud ond bod hen gwmwl arall

65

wedi dod heibio i'w guddio. Aeth ymlaen i egluro mai go brin y gallai fynd â'r bom adre gydag ef i Ddulyn, 'gan eu bod mor nerfus ynghylch pethau o'r fath' yn y maes awyr. A chwarddodd fel ynfytyn. Heb betruso, dywedais wrtho am fynd: mi fuaswn i yn dod o hyd i ffordd o gael gwared ar y bom, a heb wneud y niwed y byddai ef yn debyg o'i wneud drwy ei drosglwyddo i ryw ddihiryn. Chwarddodd fel ynfytyn eto. Yr oedd eisoes wedi trosglwyddo bom i bawb a fuasai yn disgwyl un, meddai; un sbâr oedd hwnnw ar y llofft a wnaethai er mwyn peidio â gwastraffu'r semtecs oedd yn weddill!

Yn y diwedd, cytunodd taw'r cwrs a awgrymais i oedd y gorau iddo ef ac i'r 'corff' y perthynai iddo. Petaswn i yn galw'r heddlu, neu petasai ef yn fy lladd er mwyn rhwystro hynny hyd yn oed, byddai'r cyfan yn debygol o ddod i'r golwg. Fel yr oedd hi, gallai fynd yn rhydd, heb i neb wybod ei fod wedi bod yn gwneud ac yn cludo bomiau, a heb i neb ei gysylltu â'r mudiad y perthynai iddo.

Unwaith y gwnaethpwyd y penderfyniad, cefais ein bod yn siarad yn weddol gyfeillgar â'n gilydd. Gwneuthum bryd o fwyd brysiog inni'n dau, ac euthum ag ef i'r maes awyr ym Manceinion yn fy Mini. Pan ddaeth Rhys yn ôl o Lundain am ddeg o'r gloch y nos, dywedais wrtho fod Declan wedi ymadael oblegid ei fod yn meddwl fod siawns dda ganddo am swydd yn Iwerddon a'm bod i wedi ei gludo ef a'i bethau i'r maes awyr. Yr unig broblem ar ôl yn awr oedd y bom o dan y gwely yn y llofft. Ni ddywedais ddim am hwnnw.

Yr oeddwn wedi bod mor awyddus i gael Declan allan o'r tŷ fel nad oeddwn wedi rhoi ystyriaeth ddifrifol i broblem y bom. Efallai fy mod wedi tybio am eiliad y gallwn fynd ag ef allan i'r wlad a'i daflu y tu ôl i ryw lwyn, fel y bydd pobl anghyfrifol yn gwneud â hen deiar. Ond pan ddechreuais astudio'r dulliau posibl o'i gludo a bod yn sicr na wnâi niwed i neb, nid ymddangosai mor hawdd. Wrth gwrs, y peth mwyaf cyfleus fyddai ei roi allan gyda'r ysbwriel, ond byddai hynny hefyd yn beryglus. Mae rhywrai yn rhannu a dosbarthu ysbwriel. Daeth pob math o ddelweddau i'm meddwl, rhai yn frawychus, rhai yn wirion tu hwnt. Dychmygwn Rhys yn cael ei restio am fod rhywun wedi llwyddo i ddarganfod o ba dŷ y daethai'r semtecs: nid o'r tŷ lle y darllenid y *Telegraph*, ond o'r tŷ drws nesaf a fuasai eisoes dan wyliadwriaeth gan yr heddlu cudd o achos inni daflu hen rifynnau o'r *Tyst* a'r *Casglwr*. Yn hwyr neu'n hwyrach, byddai'n rhaid dweud pob dim wrth Rhys. Ond nid eto. Dylwn gael gwared ar yr holl hunllef cyn gwneud hynny.

Yr unig gysur oedd nad âi neb ond fi i'r ystafell sbâr pan nad oedd ymwelwyr yn y tŷ. Buasai gwraig yn dod i mewn am ychydig oriau bob wythnos y llynedd i roi tipyn o help imi yn y tŷ, ond fe roesai Mrs Pearson y gorau i'r gwaith cyn y Nadolig ac nid oeddwn wedi cael neb i gymryd ei lle. Yr oedd y bom, felly, yn berffaith ddiogel yn y fan lle'r oedd. Y peth pwysicaf oedd peidio â gwylltu . . . a pheidio â gwneud dim heb fyfyrio am wythnos neu ddwy yn gyntaf.

XIII

Gan fy mod yn gweithio i gyhoeddwr yn yr Eidal a chan fod gennym o hyd rai cyfeillion a pherthnasau yno, byddwn yn dal i fynd i Rufain deirgwaith bob blwyddyn. Dim ond dwy awr a hanner a gymer y daith mewn awyren o faes awyr Manceinion, ond gall y daith o'n cartref ni yn Swydd Efrog i'r maes awyr fod yn drafferthus. Mae'n ddigon hawdd os cewch rywun dibynadwy i fynd â chi mewn car: siwrne fer o'n tŷ ni i'r M 62, croesi'r mynydd ar y draffordd honno, symud oddi arni i'r M 63, ac yna taith fer iawn i mewn i'r maes awyr. Bydd y cyfan drosodd mewn tuag awr a hanner. Ond mae unrhyw ddull arall o deithio yn ddigon diflas; byddai'n feichus, er enghraifft, pe byddech yn gorfod mynd â'ch bagiau ar y bws oddi yma i Leeds, teithio ar y trên oddi yno i Fanceinion, a newid unwaith eto yno er mwyn mynd i Ringway. Car amdani felly. Dim problem pan oedd Mam yn wael yn 1990 a minnau yn gorfod rhuthro i Rufain fwy nag unwaith ar fyr rybudd; byddai Rhys yn fy ngyrru. Ond fel rheol byddwn yn mynd gyda'n gilydd. Gall tacsi fod nid yn unig yn gostus, ond hefyd yn annibynadwy; yr ydym wedi cael profiadau annifyr iawn yn aros i yrwyr hwyrfrydig gyrraedd, a ninnau yn gofidio ein bod yn mynd i golli'r awyren. Gall gadael eich car ym Manceinion hefyd fod yn gostus, os byddwch yn mynd am rai wythnosau, fel y byddwn ni yn ystod yr haf.

Am ein bod wedi gorfod llogi ceir yn gyson am flynyddoedd, fe'n synnwyd braidd tua dwy flynedd yn ôl pan awgrymodd Edward Wilson y byddai'n well pe bai ef neu Kitty yn mynd â ni yn eu car nhw bob tro y byddem yn teithio. Gallem ni wneud yr un peth iddyn nhw. Dywedodd Rhys ar unwaith fod hwn yn gynnig caredig dros ben, ond ofnai y byddai'r fargen yn anghyfartal: unwaith neu ddwy yn unig bob blwyddyn y bydd ein cymdogion yn hedfan o Fanceinion. Dim gwahaniaeth, meddai Wilson, byddai'n 'gweithio allan' gydag amser. Derbyniwyd. Ac mae'n rhaid dweud i Wilson fod yn gydwybodol ac yn ddibynadwy bob tro y bu wrth y gwaith: yn holi ynghylch dyddiadau ymlaen llaw, yn nodi pob dim ynglŷn â'r daith yn ofalus yn ei ddyddlyfr, ac yn barod gyda'r BMW yr union funud a awgrymwyd fel amser cyfleus i gychwyn. Yn naturiol, gwnaem ein gorau glas i efel-ychu'r perfformiad hwn pan âi ef a Kitty i Sbaen ac i'r Dordogne.

Tua diwedd mis Chwefror eleni, 1993, daeth Wilson atom i wneud cais arbennig ynglŷn â rhywbeth a oedd, meddai, yn dra phwysig iddo. Am flwyddyn bellach yr oedd wedi bod yn trefnu taith i Ogledd Affrica i ddathlu hanner-canmlwyddiant yr hyn a alwai 'ein buddugoliaeth fawr' yno yn 1943. Nid yn unig y byddai ef a'i wraig yn mynd, yr oedd hefyd wedi addo gwneud rhai trefniadau ar gyfer dau bâr arall: un o'i gyd-swyddogion a'i wraig, a rhingyll a'i wraig. Yr oedd eisoes wedi cynnal cyfarfod, a phawb ohonynt yn bresennol, i drafod y 'cynllun cyffredinol'. Yr oeddynt i hedfan o faes awyr Manceinion ar brynhawn dydd Gwener ym mis Mawrth. Trefnasid eisoes i bawb ymgynnull yn ei gartref ef cyn cychwyn am y maes awyr. Yr oedd y cyn-swyddog a'i wraig i gyrraedd ar y nos Iau ac aros gydag ef a Kitty; yr oedd y rhingyll a'i wraig i gyrraedd o Middlesborough yn ystod y bore Gwener. Gallent adael eu ceir o flaen ei dŷ ef am bythefnos; buasai'n gostus iddynt eu gadael ym Manceinion. Ac yr oedd wedi mentro dweud wrthynt ei fod yn sicr y byddai ei gymdogion, a hwythau'n gwybod amcan y daith, yn ddigon parod i'w cludo dros y Pennines. Gallai ein sicrhau, ychwanegodd, y byddai pawb yn ein ceir ni yn bobl neis iawn. Yr oedd y cydswyddog yn hen gyfaill. Buasai gydag ef yng nghyffiniau Thala, pan gawsant dipyn o lwyddiant ac ennill cryn glod drwy drefnu i ddau filwr osod bomiau dan adeilad a ddefnyddid yn achlysurol fel ystordy gan y gelyn.

Pa effaith, tybed, y gobeithiasai ei gael wrth sôn am y gwrhydri hwn yn Thala? Edmygedd, efallai. Pan glywais ŷr enw, teimlais ryw wendid yn mynd trwof a rhywbeth yn gwasgu yn fy mrest. Am ennyd ni allwn yngan gair. Dichon i hynny fod yn waredigaeth. Yna, yn sydyn, teimlais ryddhad. Petasech wedi fy holi cyn y diwrnod hwnnw parthed fy nheimladau tuag at Edward Wilson, mae'n debyg y buaswn wedi gwadu bod gennyf deimladau pendant, ac eithrio yn ystod ambell funud yn awr ac yn y man pan fyddai yn dweud rhywbeth i'm cythruddo. Buaswn wedi ateb mai cymydog ydoedd yr oeddwn yn anghytuno ag ef ynghylch popeth bron . . . ond rhydd i bawb ei farn. A buaswn wedi teimlo taw peth cyntefig braidd fyddai casáu cymydog am eich bod yn anghytuno ag ef. Ond bellach gallwn gyfaddef, i mi fy hun o leiaf, fy mod wedi ei gasáu o'r cychwyn cyntaf, a gwyddwn fod fy ngreddf wedi bod yn iawn.

Yr oedd mwy i ddod. Y tro hwn, wrth gwrs, esboniodd, byddai angen y ddau ohonom, Rhys a minnau, a'n dau gar. (Hyd yn hyn, un ohonom, Rhys fel rheol os oedd yn rhydd, a wnaethai'r gwaith.) Mae gennym Volvo eithaf mawr. Fe brynodd Rhys ef pan oedd yn ddwyflwydd oed ryw ddwy flynedd yn ôl, ac mae mewn cyflwr graenus o hyd. Mae gennym hefyd Fini y byddaf fi yn hoff iawn ohono ac yn ei ddefnyddio bob amser pan fyddaf yn mynd i un o'r dinasoedd i siopa. Yr oedd Wilson eisoes wedi penderfynu sut y gellid trefnu'r daith yn y ddau gar hyn. Am funud ni allwn gredu yr hyn a glywn. Mae'n wir nad oeddwn erioed wedi trafod materion teuluol gyda'n cymdogion ac na ellid disgwyl iddynt wybod dim am farwolaeth Roberto. Ond a oedd Wilson mewn gwirionedd yn mynd i fod mor ddideimlad â gofyn i mi eu gyrru i Ringway, a hwythau ar eu ffordd i ryw jamborî lle y byddent yn dathlu'r llwyddiant a gawsant yn lladd fy nghyd-wladwyr?

Nid yn hollol. Nodais eisoes ddyfais y mae Wilson yn hoff ohoni pan fynn ddweud rhywbeth y mae ef o ddifrif yn ei gylch, ond a all fod yn annerbyniol i'w wrandawyr. Y tro hwn gwelais y wên fach yn dod yn ddigon cynnar i benderfynu cadw rheolaeth lwyr arnaf fy hun. Nid oedd, meddai, yn awgrymu beirniadaeth o unrhyw fath ynglŷn â'm gyrru i, ond, wrth gynllunio, yr oedd wedi tybio taw'r drefn orau fyddai iddo ef yrru fy Mini i. Byddai hyn yn caniatáu iddo ef a'i gyd-swyddog a'u gwragedd deithio gyda'i gilydd yn y car bach. Er mwyn bod yn sicr na châi ddim anhawster i'w cario, ni fyddent yn rhoi eu bagiau yng nghist y Mini, eithr yng nghist y Volvo. Gallwn i a Rhys ddilyn yn y Volvo gyda'r rhingyll a'i wraig a'r clud i gyd; byddai hen ddigon o le yng nghefn hwnnw. Byddai'n angenrheidiol, ychwanegodd, gan esbonio'r amlwg fel petai'n siarad â rhyw dwpsyn, i mi fynd ar y daith, er mwyn imi fod ar gael i yrru'r Mini ar y ffordd yn ôl.

'I told my brother officer,' meddai, wrth gloi, 'that I was sure our kind neighbour would be willing to lend us her Mini to permit this nice social arrangement.'

'Certainly,' atebais ar unwaith, er mawr syndod i Rhys.

XIV

Ni fu Sam Horton yn arddwr proffesiynol pan oedd ym mlodau'i ddyddiau, ac ofnaf fod hynny i'w weld pan fydd yn trin blodau ein cymdogion. Ond pan gynigiwyd arian iddo ar yr amod ei fod yn ymddeol yn gynnar o'i waith caled yn y diwydiant dur yn Sheffield, croesawodd y cyfle. Erbyn hynny, yr oedd ei blant yn eu maint. Gwerthodd ef a'i wraig eu tŷ yn y ddinas a symud i fwthyn yn eu pentref genedigol yn Wharfedale. Oddi ar hynny, mae wedi bod yn gweithio yng ngerddi'r gymdogaeth hon ac yn codi hyn a hyn yr awr am ei wasanaeth. Yn fy marn i, nid yw yn arddwr gwybodus iawn, ond y mae'n gymhennwr penigamp. A gall wneud pob math o bethau o amgylch y lle heblaw garddio: os yw plant drwg wedi torri eich clwyd, neu os byddwch wedi bod braidd yn esgeulus wrth yrru allan o'ch modurdy, bydd wrth ei fodd yn disgrifio'r difrod ac yn barod i drwsio a chywiro a pheintio am bris a fydd tua hanner ffordd rhwng y rhesymol a'r hallt. Mynnodd Wilson ei gymorth yn gyson yn Chwefror a Mawrth eleni. A bu Wilson yntau yn brysur yn ysgubo a thwtian, ac wrth gwrs yn cyfarwyddo Sam.

Bu Kitty wrthi hefyd. Golchwyd pob math o ddillad ar gyfer y daith i Affrica, a bu glanhau'r gwanwyn yn 1993 yn esgus dros daflu hen lenni a charpedi a phrynu rhai newydd.

Ar brynhawn dydd Iau, Mawrth 25, edrychais allan. Ni welwn ymwelwyr, ond yr oedd car ychwanegol y tu allan i'w tŷ: yr oedd y cyd-swyddog a'i wraig wedi cyrraedd. Hanner awr yn ddiweddarach euthum allan i roi ysbwriel yn y bin. Clywais leisiau Edward Wilson a'i gyfaill mewn rhan o'i ardd lle na allwn eu gweld. Wilson a siaradai fwyaf. Nid oeddwn yn ddigon agos i gael crap ar ystyr yr hyn a ddywedai; eto yr oedd seiniau ei lafariaid yn glywadwy ac yn ddigamsyniol. Ymddangosai imi fod amlygrwydd yr acen ac absenoldeb y sylwedd yn symbolaidd rywsut o ddiwylliant y dyn.

'*Ti do zero*,' meddwn.

Nid oedd dosbarthiadau gan Rhys fore dydd Gwener; yr oedd gwyliau Pasg y prifysgolion wedi dechrau. Ond fe aeth i mewn i'w adran yn ôl ei arfer am hanner awr wedi wyth am fod ganddo gymaint o waith gweinyddol i'w wneud ac am ei fod am newid llyfrau yn y llyfrgell. Byddai'n ôl erbyn tuag un o'r gloch, meddai, er mwyn inni gael digon o amser i fwyta cyn mynd i Fanceinion. Yr oeddid wedi trefnu i'n dau gar ni ymadael am chwarter wedi dau. Dylent gyrraedd yn hawdd erbyn pedwar o'r gloch. Am chwech yr oedd yr awyren i ymadael, ond yr oedd Edward Wilson wedi mynnu bod ei gyd-deithwyr yn gadael digonedd o amser yn weddill er mwyn iddynt fedru ymgodymu ag unrhyw broblem annisgwyl a allai godi.

Am ddeg o'r gloch euthum i fyny i'r llofft uchaf. Tynnais y bom allan o'i le arferol o dan y gwely. Fe'i rhoddais yn dyner mewn bag. Pan gyrhaeddais y llawr nesaf, penderfynais edrych drwy'r ffenestri i sicrhau nad oedd neb y tu allan, yn y cefn yn gyntaf ac yna yn y ffrynt. Rhegais. Yr oedd Sam Horton yn dod tuag at y tŷ. Dodais y bag ar y gwely yn ein hystafell ni a mynd i lawr i agor y drws.

Esboniodd Sam ei fod wedi dod i ben â'i waith i Mr Wilson a'i fod am wybod a oedd gennyf rywbeth yr oeddwn am iddo ei wneud yn yr ardd. Fel y digwyddai, yr oedd rhai gorchwylion gennym iddo, ond nid oeddwn yn awyddus i'w gael i'w gwneud y bore hwnnw! Bu raid imi ei holi er mwyn sicrhau taw trefnu amserlen yr wythnos nesaf yr oedd cyn imi feiddio sôn am ein hanghenion ni a chytuno iddo ddod atom y dydd Mawrth canlynol. Gwaith pum munud, ond ymddangosai fel hanner awr.

Arhosais iddo ddiflannu cyn dod â'r bag i lawr a chroesi o'r tŷ i'r modurdy. Caeais y drws ar fy ôl, agorais gist y Mini, cysylltais y cloc a'r ffrwydrydd a'r semtecs yn ofalus y tu mewn, a chaeais y gist.

Yr oeddwn wedi gosod y cloc ar gyfer tri o'r gloch,

er mwyn bod yn siŵr y byddai'r ffrwydrad yn digwydd ar ben y mynydd, heb fod yn agos at dai ein tre fach ni (nac unrhyw dre arall, o ran hynny) ac yn ddigon pell o faes awyr Manceinion.

A Wilson yn gyfrifol am ein cadw ni oll at y trefniadau, gwyddwn y byddai'r amseru'n rhagorol.

XV

Yr oeddwn wedi bod yn ôl yn y tŷ am tua deng munud, dim mwy, pan glywais rywun wrth y drws. Nid oeddwn yn disgwyl neb.

Pan agorais, gwelais hen ŵr crwm. Yr oedd newydd ddod allan o'i gar, ac nid oedd het yn cuddio'r pen moel nac unrhyw ran o'r gwallt gwyn o amgylch y clustiau. Eto, er mai rhyw bedair llath a gerddasai rhwng ei gar a'r drws, yr oedd wedi defnyddio ffon, a phwysai yn drwm ar hon yn awr, ac yntau wedi troi yn ôl tuag at y car i ddweud rhywbeth wrth ei wraig.

Pan sylweddolodd fy mod wedi agor, fe ddechreuodd drwy ymddiheuro. Yr oedd eisoes wedi gweld ei gamsyniad. Yn ein heol fach ni, nid yw'r trigolion wedi ystyried bod rhifnodau yn angenrheidiol, gan fod enw ar bob tŷ. Nid yw'r enwau hyn i gyd yn weladwy o'r heol, gan fod gerddi helaeth o flaen y tai, a choed mawr yn y rheini. Bu enw ein tŷ ni unwaith ar ddarn o bren ar goeden wrth yr heol, ond, yn y rhan hon o'r byd, bydd plant yn cyflawni math o ddrygioni sefydliadol ar noson a neilltuir yn arbennig ar gyfer hynny bob hydref, ac fe ddiflannodd y darn pren flynyddoedd yn ôl, fel y gwnaeth clwydi rhai o'n cymdogion. Dim ond uwchben y drws ffrynt y gwelir yr enw bellach, ac yr oedd yr hen ŵr wrthi yn esbonio ei fod wedi canu'r gloch cyn sylwi ar hwnnw. Dim rhyfedd, ac yntau yn ymlusgo o le i le yn ei ddau ddwbl! Nid oedd ganddo esgus, meddai, am ddod i'n tŷ ni, ac yntau wedi bod yng nghartref Wilson unwaith o'r blaen. Y tro hwnnw yr oedd wedi dilyn y cyfar-wyddiadau manwl a gawsai drwy'r post; ond heddiw yr oedd wedi eu gadael gartref am ei fod wedi tybio y gallai gofio'r ffordd. Yr oedd yn wirioneddol flin ganddo.

Ni allwn gredu fy llygaid. A oedd y creadur truenus hwn yn mynd i fentro i Ogledd Affrica? Ai dyma'r 'rhingyll' y soniwyd amdano? Ymddangosai'r teitl yn chwerthinllyd pan oeddid yn sôn am glaf rywle rhwng ei ddeg a thrigain a'i bedwar ugain. Tra symudai yn ôl at y car (byddai 'cerdded' yn air rhy urddasol o lawer i ddisgrifio'r hyn a wnâi), llifodd ton o dosturi trosof. Ai cryd cymalau a fuasai yn gyfrifol am ddistrywio dyn fel hyn, neu rywbeth llawer gwaeth? Ac eto, ac yntau, ar ôl cryn ymdrech, wedi cyrraedd y car, troes yn ôl yn foesgar am ei fod wedi meddwl am rywbeth yr oedd am ei ddweud wrthyf. Ai nyni, holodd, oedd y cymdogion Cymreig y bu Wilson yn sôn amdanynt a fuasai cyn garediced â chynnig eu gyrru i faes awyr Manceinion?

'Mm,' oedd yr unig sŵn y llwyddais i'w ynganu.

Fe aeth ymlaen â'r sgwrs heb sylwi fy mod wedi fy nghynhyrfu. Buasai yn Ne Cymru yn gweithio am bum mlynedd wedi'r rhyfel, y cyfnod hyfrytaf yn ei fywyd. Aethai yn ôl i'r gogledd-ddwyrain wedyn er mwyn bod yn nes at ei deulu ef a theulu ei wraig, ond ni fuont erioed mor ddedwydd yno ag y buont yn Abertawe.

Ffarweliodd yn foneddigaidd ac ailgydio yn y frwydr i fynd yn ôl at ei gar.

Rhedais i'r llofft i gael ei weld yn gyrru o'n tŷ ni at y tŷ drws nesaf ac yn dod allan o'r car yno. Yr oedd digon o amser; yr oedd popeth a wnâi, druan, mor drafferthus.

Daeth Wilson a'i gyd-swyddog a'u gwragedd allan i groesawu'r newydd-ddyfodiaid. Aeth y cyd-swyddog at y car i gyfarch Mrs 'Rhingyll'. Yr oedd yntau cyn hyned â'r rhingyll bob tamaid! Ac er ei fod yn cerdded yn well, ni ellid dweud ei fod yn ymddangos yn llai musgrell rywsut, efallai oherwydd ei welwder annaturiol.

Y sioc! Yr oeddwn i wedi meddwl am y 'cyd-swyddog' a'r 'rhingyll' fel dynion mewn byddin yn Affrica, nid fel dau hen greadur yn ymlusgo'n boenus tua'r bedd! Yr oedd yn amlwg fod y ddau yn hŷn na Wilson. Ac eto, erbyn meddwl, yr oedd yntau dros ei ddeg a thrigain erbyn hyn. Yn sicr, yr oedd ef yn sioncach o gryn dipyn ac ychydig yn ifancach na'r ddau arall (tua phum mlynedd, efallai, neu saith), ond yr oedd byw yn ei ymyl am ugain mlynedd wedi fy nallu i raddau i effeithiau dinistriol amser arno ef. Wrth edrych allan drwy'r ffenestr yn awr, yr hyn a welwn oedd tri hen ŵr a thair hen wraig o amgylch y car, sefyllfa a'm hatgoffai o gyfarfod o hen bensiynwyr yn neuadd y dre, cyfarfod o fath na fyddai Wilson yn sicr yn mynd ar ei gyfyl . . .

Yr oedd gan fy mam yn ei hen ddyddiau frawddeg a barai fraw—na, mwy na braw, aeth—i mi. Fe ddywedai: 'Yr wyf fi gymaint yn nes na thi at yr ochr draw'.

O'r hanner dwsin a safai o'm blaen yn awr, meddyliais, yr oedd pawb, ac eithrio Kitty efallai, yn edrych fel pe baent yn agos at yr ochr draw, a dau ohonynt, a oedd yn grymach na'r lleill, fel pe baent yn sefyll â'u hwynebau eisoes wedi eu codi tua'r lan.

Mae diddymu a diddymu; o leiaf nid oedd Roberto wedi cael ei araf waradwyddo gan Amser fel y creaduriaid hyn.

Pan aethant i'r tŷ, euthum allan i'n modurdy, a'r bag unwaith eto yn fy llaw. Wedi datgysylltu'r cloc a'r ffrwydrydd, tynnais bob rhan o'r bom allan o gist y Mini, ac euthum ag ef yn ôl i'w gartref arferol dan y gwely yn ystafell y gwesteion. Yr oedd arnaf eisiau amser i feddwl.

Yr oeddwn newydd fynd i lawr i'r gegin i ddechrau paratoi pryd pan glywais y Volvo yn cyrraedd a Rhys yn dod i mewn.

XVI

Bu'r daith i'r maes awyr yn hunllef. Yr oeddwn yn hynod ddiolchgar fod Wilson wedi trefnu taw ef oedd i yrru'r Mini, ond yn ofer yr atgoffwn fy hun nad oedd mwyach berygl o gyfeiriad y gist; teimlwn fod trychineb i ddigwydd sut bynnag, am fy mod i wedi ewyllysio hynny. Ni allwn dynnu fy llygaid oddi ar y cloc yn y Volvo; yr oeddwn yn chwys diferu erbyn tri. Ychydig iawn a ddywedais wrth y gŵr a gwraig a gludem, er fy mod yn gwneud fy ngorau glas i ddilyn yr ymgomio; gwyddwn fod Rhys braidd yn dawedog pan yw'n gyrru.

Ar gyfer y daith yn ôl, fe arhosodd Rhys yn y Volvo, ac fe gymerais i at y Mini. Drwy drugaredd, yr wyf yn gyfarwydd iawn â'r hen gar bach ac yn teimlo'n gartrefol ynddo, a bu hyn a chael bod ar fy mhen fy hun yn help imi ymdawelu. Eto i gyd, fe sylwodd Rhys ar ddiwedd y prynhawn fy mod yn edrych yn llawer mwy blinedig nag arfer.

Yn ystod gweddill taith ein cymdogion, profais ryw gymysgwch rhyfedd o gyffro a gofid. Bûm yn gwylio'r teledu ar y naill sianel ar ôl y llall. Rhwng cwsg ac effro y noson honno daeth rhyw feddylddrych od i'm dychymyg: bom yn chwythu teithwyr mewn awyren i dragwyddoldeb, a minnau'n teimlo'n euog. Peth hollol dwp, ond fe arhosodd gyda mi am ddiwrnodau. Daeth rhywfaint o ollyngdod yr wythnos ganlynol, pan ddaeth cerdyn oddi wrth Mr a Mrs 'Rhingyll' yn diolch yn gynnes inni am ein cymwynas ac yn adrodd iddynt gael taith hwylus. Ond teimlwn erbyn hynny fod terfysg ynof fi yn galw am sylw, a'i bod yn bryd i mi ysgrifennu math o adroddiad arnaf fi fy hun cyn ceisio dadansoddi'r sefyllfa yr oeddwn ynddi.

Yr oedd problem y bom, wrth gwrs, gyda mi o hyd. Gwyddwn y byddai yn rhaid imi ddweud wrth Rhys rywbryd, ond sylweddolwn hefyd mai fy nyletswydd gyntaf oedd myfyrio, ac efallai ymchwilio, er mwyn ceisio deall yr hyn a ddigwyddasai ac a oedd o hyd yn digwydd imi.

Teimlwn fy mod yn crwydro rhwng dau fyd.

Yr oedd y cyntaf o'r ddau fyd yn un a fuasai yn gyfarwydd i deulu fy mam yn Sardinia. Am genedlaethau, gwyddai ei thylwyth hi yng nghyffiniau Orgosolo a Nuoro sut y disgwylid iddynt ymddwyn. Buont yn fawr eu parch yn y Barbagia am na ellid lladd un o'u llwyth heb iddynt ddial, a'r dial bob amser yn batrwm o ddial. Rhywbeth tebyg, gallwn feddwl, fu uchelgais Lloegr a'r Unol Daleithiau yn y byd gwleidyddol. Ac onid dyna'r unig fath o barch a oedd o bwys o hyd yng ngolwg gwŷr fel Wilson? Yn ddiweddar, yr oeddwn i wedi bod mewn sefyllfa y buasai fy nghyndeidiau wedi ei gwerthfawrogi: yr oedd Tynged wedi creu cyfle dihafal imi; ond nid oeddwn wedi llwyddo i ddial ar y gelynion a laddodd fy mrawd. Onid oeddwn, yn ôl safonau fy nghyndeidiau, yn fethiant? Ar y llaw arall, onid oedd fy nhad-cu, gŵr rhesymol, wedi ymwadu â'u byd nhw? Onid oedd wedi brwydro yn galed i ailsefydlu'r teulu yn Rhufain am ei fod am droi ei gefn ar y dial di-ben-draw yn y Barbagia? Oni chlywais fy mam yn dweud mai o *Barbaria*, enw'r Rhufeinwyr ar y rhan honno o'r ynys, y daeth yr enw *Barbagia*? Ac onid oeddwn innau hefyd yn perthyn i deulu o ddeallusion? Ac onid oedd Rheswm yn awgrymu yn gryf taw ofergoeliaeth oedd credu mewn Tynged a phopeth o'r fath?

Buasai fy nghyndeidiau hefyd, ac ar y ddwy ochr i'r

teulu y tro hwn, yn perthyn i fyd arall. Am ganrifoedd, ar achlysuron fel geni a phriodi a marw, yr oeddynt wedi dilyn defodau'r Eglwys, ac yr oeddwn innau yn fy nhro yn mynychu'r offeren, o leiaf o bryd i'w gilydd. Ac yr oedd yr efengyl a bregethid yn yr Eglwys yn sôn am faddeuant ac am gariad. Onid y peth gorau bellach oedd maddau? Yma, deuwn ar draws rhwystr a ddiffoddai bob gobaith. Gallwn, efallai, fy narbwyllo fy hun i faddau i ryw hen greadur fel y rhingyll, gan ddadlau ei fod ef, yn ôl pob tebyg, wedi cael ei orfodi, fel Roberto, i ryfela. Ond beth am y gorchymyn i garu fy nghymydog? Yr oedd Wilson wedi byw yn ddigon agos ataf am ugain mlynedd imi wybod ei fod yn cynrychioli popeth yr oeddwn i yn ei gasáu; yr oedd yn imperialydd, yr oedd yn dirmygu dysg a diwylliant, ac yr oedd yn addoli'r farchnad 'rydd' a dilyffethair a ddistrywiodd gynifer o deuluoedd. Nid oedd yn ystyried fod lle i foesoldeb mewn busnes, am ei fod yn tybio bod busnes yn ffurf annibynnol ar weithgarwch ('Business is business'). Nid oedd hyn yn golygu ei fod yn torri'r gyfraith, ond yr oedd yn cadw'r rheolau, nid oherwydd ei fod yn parchu'r egwyddorion y tu ôl iddynt, ond am nad oedd am fynd i garchar. Byddai yn ystyried cyfreithiau fel rhwystrau y byddai'n rhaid mynd drostynt, rhywbeth tebyg i berthi yn y *Grand National*, er mwyn ennill y ras. Caru'r fath greadur? A oedd ystyr i orchymyn i garu? Fe allech eich gorfodi eich hun, efallai, i ymddwyn fel pe baech yn caru rhywun (math o ragrith adeiladol?), ond a allech eich gorfodi eich hun i garu rhywun? A allwn i garu Wilson am eiliad, heb sôn am ddal i'w garu yn gyson yn y

dyfodol? Onid oedd Rheswm yn tanseilio'r ail fyd hwn
cyn llwyred â'r cyntaf? Ac eto . . . weithau, wrth
ddarllen y newyddion, byddwn yn teimlo mai cael
pobl i garu eu cymdogion fyddai'r unig bolisi effeithiol
yn Bosnia neu yn Israel. Fy mhroblem i oedd: paham y
trefnodd Tynged i mi gael cymydog y byddai'r fath
driniaeth mor anaddas ar ei gyfer? Pe bai Mr a Mrs
Sercombe a'u plant serchus yn byw drws nesaf, fe
fyddai'n haws o lawer imi feddwl am garu cymdogion.

Dyna pryd yr euthum ati i restru'r pethau a *allai*
awgrymu fod Tynged wedi pennu patrwm fy mywyd
a'u hystyried mewn perthynas â digwyddiadau Mawrth
1993. Tybiais taw gwaith wythnos neu ddwy fyddai
hyn. Nid felly. Yn rhannol am fy mod wedi addo
gorffen cyfieithiad cyn yr hydref, yn rhannol am fy
mod wedi cael cryn anhawster wrth ddehongli
brithgofion o'r gorffennol pell, yr wyf wedi bod wrthi
yn ysbeidiol am fisoedd. Ond dyma fi, ar ddiwedd y
flwyddyn, bron â chyrraedd pen y daith. Mae'r
ffeithiau wedi eu crynhoi a'u rhoi yn y ffurf hanesyddol
yr wyf wedi ei dewis er mwyn eu cyflwyno i Rhys.
Cyn imi wneud hynny, byddai'n deg, mi dybiaf, imi
gymryd wythnos neu ddwy i'w hastudio a thynnu
casgliadau.

XVII

Am bump o'r gloch echdoe gorffennais y bennod
flaenorol a rhoddais y llawysgrif yn y drâr. Yr oedd
Rhys yn debygol o ddod i mewn unrhyw funud, a chyn

hir fe fyddai'n amser i mi feddwl am swper. Ond gwyddwn y byddai prynhawn arall yn rhydd gennyf heddiw, pan allwn ddechrau myfyrio uwchben yr hyn a oedd bellach ar bapur. Cyn imi wneud hynny, y mae gennyf rywbeth arall i'w gofnodi.

Neithiwr, ar ôl swper, canodd y ffôn. Mae'r unig ffôn yn ein tŷ ni ar ford fach yn agos at y drws ffrynt. Aeth Rhys i ateb. Ymhen pum munud, yr oedd yn ôl yn y lolfa.

'Mae'n amhosib penderfynu ai haerllugrwydd ymwybodol neu ddiffyg teimlad gresynus sy'n gyfrifol,' meddai.

'Am beth?' gofynnais.

'Am ymddygiad Wilson. Fe ddechreuodd drwy ailadrodd y diolchiadau am ein caredigrwydd mawr ni yn mynd ag e a'i griw i'r maes awyr yn y gwanwyn. Ac yna fe ddywedodd ei fod e a'r "bechgyn" wedi cael hwyl aruthrol ar y daith ac am fynd eto yn 1994.'

'Mynd eto i Ogledd Affrica!'

'Na! Dyna'r pwynt! I'r Eidal! Fe ddywedodd fod ganddyn nhw fwy o waith i ti y tro hwn, os byddi di mor garedig. Nid mynd â nhw i'r maes awyr, yn unig, ond sgrifennu ar eu rhan at westai yn yr Eidal, achos does *dim gair* o Eidaleg ganddyn nhw, dim un gair rhyngddyn nhw, a defnyddio ei ymadrodd e. Roedd Wilson yn cyhoeddi hyn fel pe bai yn falch dros ben eu bod nhw wedi llwyddo i ddiogelu eu hanwybodaeth drwy gydol eu blynyddoedd yno. Mae'n siŵr gen i y bydde fe'n cadw'r un math o ddiweirdeb petai e yn Llangadog neu Langefni.'

Bu'n dawel am ryw ddwy funud, yna fe gofiodd weddill y neges.

'O . . . mi anghofiais ddweud. Pwrpas y daith y tro hwn fydd dathlu eu buddugoliaeth yn Cassino yn 1944.'